Zu diesem Buch

Dieser Ratgeber richtet sich an Mädchen, die erste Erfahrungen mit Liebesbeziehungen machen oder gemacht haben. Christine Lange und Irene Müller, beide Mitarbeiterinnen von Pro Familia, orientieren sich an den Fragen zu Anmache und Partnerschaften, mit denen Mädchen sich häufig an die Beratungsstelle wenden. Sie gehen den Ursachen möglicher Hindernisse auf den Grund, zeigen Lösungswege auf und geben praktische Tips.
Das Buch spricht gezielt Mädchen an, spricht aber auch Eltern, Erzieherinnen und andere Berufsgruppen adäquat an, die mit Mädchen arbeiten.

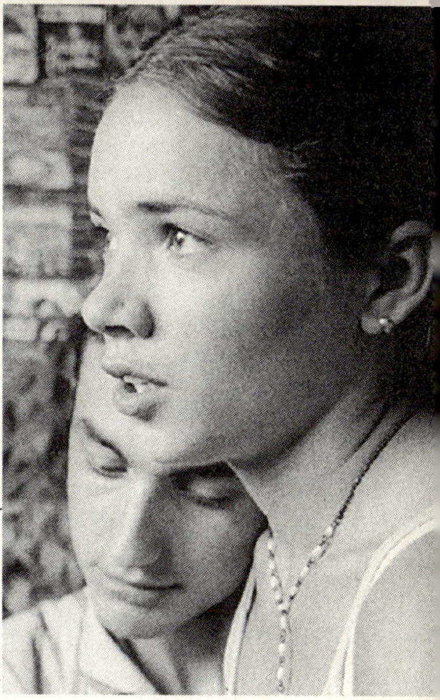

Christine Lange
Irene Müller

Starke Mädchen, schwache Momente

Alles über Anmache,
Liebe und Partnerschaft
Für Mädchen

Aus der Jugendberatung
der Pro Familia Berlin
Mit Fotos
von Rosa Reibke

Rowohlt
rororo

Originalausgabe
Veröffentlicht im Rowohlt Taschenbuch
Verlag GmbH, Reinbek bei Hamburg, April 1998

Lektorat Jürgen Volbeding
Umschlaggestaltung Guido Klütsch
(Foto: Rosa Reibke)
Layout Karen Kollmetz/Christina Modi
Gesetzt aus der Frutiger, Monaco und Palatino
auf Apple Macintosh in QuarkXPress
Gesamtherstellung Clausen & Bosse, Leck
Printed in Germany
ISBN 3 499 60464 7

Inhalt

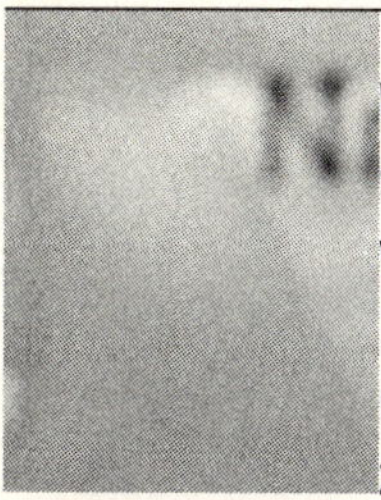

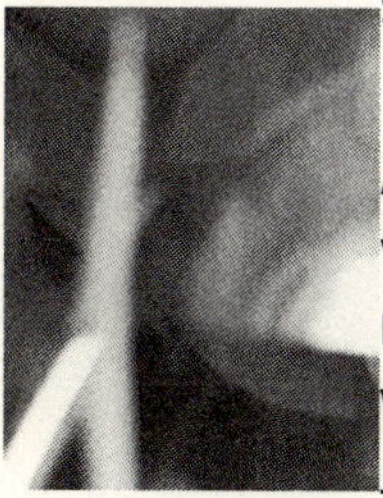

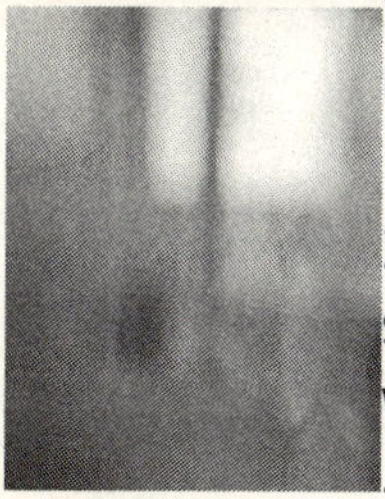

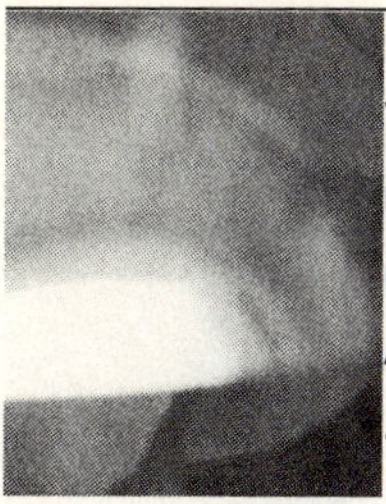

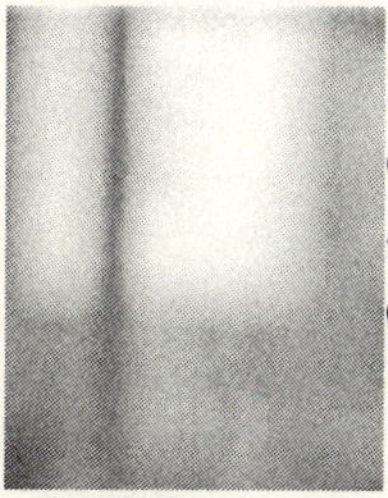

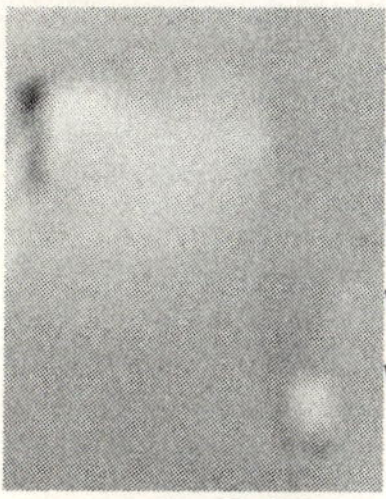

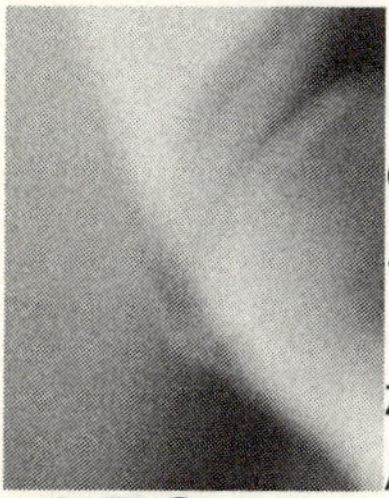

Ein Buch über die Liebe . . .

Schon wieder ein Aufklärungsbuch?

Nein! *Starke Mädchen, schwache Momente* ist ein Ratgeber für Mädchen und beginnt da, wo Aufklärungsbücher meist aufhören. Von Anmache, Flirten und Verliebtheit, von Gefühlen, Problemen, Sex, Treue, Eifersucht und Liebeskummer handelt dieses Buch. Kurzum: Es ist ein Buch über die Liebe.

Und was wäre die Liebe ohne Liebesgeschichten? Unsere Liebesgeschichte handelt von Maxie und Philipp und von Maxies Freundinnen Julia und Leyla. Zwar haben wir Maxie und die anderen für dieses Buch erfunden, Anregungen dafür bekamen wir aber in unserer Arbeit als Sexualpädagoginnen bei PRO FAMILIA. Wir greifen die Ängste und Sorgen vieler Mädchen auf, die in unsere Beratungsstelle kommen. Maxies Erfahrungen mit der Liebe, ihre Zweifel und Träume stehen stellvertretend für all das, was Mädchen in Liebesbeziehungen erleben.

Starke Mädchen, schwache Momente erzählt aber nicht nur Geschichten – wir geben Hinweise, Tips und Ratschläge zu allen Fragen und Schwierigkeiten, die sich für Mädchen in Liebesdingen ergeben können.

Die Fotos für dieses Buch hat Rosa Reibke gemacht. Ihr, den Mädchen und Jungen, die als Fotomodelle mitgearbeitet haben, sowie allen anderen, die uns bei der Arbeit an diesem Buch geholfen und unterstützt haben, ein herzliches Dankeschön!

[Wie alles anfängt]

Die eine verliebt sich, und alles wird wunderbar. Die andere verliebt sich auch, aber dabei bleibt es. Die dritte wünscht sich nichts sehnlicher, als sich zu verlieben, aber es passiert einfach nicht. Woran liegt das? Ist die erste schöner, klüger, selbstbewußter, älter oder jünger als die beiden anderen? Welche Voraussetzungen bringen wir mit, wenn wir uns verlieben, wenn wir eine Liebesbeziehung eingehen? Wer und was beeinflußt uns? Mit anderen Worten: Was kommt vor der Liebe? Das erste Kapitel dieses Buches wird sich damit befassen, welche Phasen wir von der ersten Verliebtheit bis zur ersten Liebesbeziehung durchlaufen, was uns dabei beeinflußt und welche Schwierigkeiten es geben kann. Manche erinnern sich vielleicht, schon im Sandkastenalter verliebt gewesen zu sein. Verlieben kann sich jede, jederzeit. Beginnen wollen wir aber mit einer Verliebtheit, die viele Mädchen zwischen zehn und vierzehn Jahren trifft: die «Starliebe».

Stars und andere Unerreichbare

Maxies Freundin Leyla ist unsterblich verliebt. Zugegeben, dieser Typ hat schon was. Er sieht ganz gut aus, fährt ein tolles Motorrad und ist ganz lustig. Aber andererseits ist er mindestens dreißig, verheiratet und, was ganz entschieden gegen ihn spricht: Er ist Leylas und Maxies Lehrer. Leyla bekommt einen roten Kopf, wenn er sie anspricht, und ihre Bio-Note wird immer besser. Maxie glaubt schon, daß er Leyla ganz gern mag. Die meisten Lehrer mögen Leyla, sie ist eine gute Schülerin, und für Biologie interessiert sie sich wirklich. Aber sicher mag er sie nicht mehr oder anders als Pia oder Johannes. Und selbst wenn er auch ein bißchen in sie verliebt wäre, was würde das ändern? Was stellt Leyla sich eigentlich vor? Ein heimliches Rendezvous in der Freistunde? Vernünftige Argumente prallen im Moment total an Leyla ab. «Ich weiß es ja», sagt sie, «aber ist er nicht süß?» Das Ganze erinnert Maxie an die Zeit, als alle Mädchen in der Klasse in irgendwelche Stars verliebt waren. Sie hatte damals auch einen solchen Schwarm. Irgendwann hatte sie dann einfach alle Poster von den Wänden genommen und kaum noch daran gedacht. Leylas Geschichte erscheint ihr jetzt ähnlich aussichtslos und sinnlos. Aber wenn sie sich genauer erinnert, hat es damals für sie gar keine Rolle gespielt, daß sie ihren Star niemals kennenlernen würde. Sie dachte überhaupt nicht daran, wirklich mit ihm zusammenzusein. Es war einfach nur ein schönes Gefühl. Im Grunde ging es nur um Träume, und trotzdem war es so ernst, daß man es ihr nicht einfach ausreden konnte.

Es gibt tatsächlich einige Parallelen zwischen Leylas Verliebtheit und «Fanliebe». Leyla weiß genausogut wie Maxie, daß ihr Lehrer sich nicht in sie verlieben wird. Und gerade das gibt ihr Sicherheit. Natürlich hat sie sich das nicht absichtlich so ausgesucht. Sie hat sich einfach verliebt. Das läßt sich nicht steuern. Und trotzdem paßt es im Moment genau zu ihr. Sie kann ihn in Ruhe bewundern, ihren Phantasien freien Lauf lassen, sich ausmalen, was er für ein Mensch ist und wie es sein könnte, wenn sie nicht seine

Schülerin wäre. Auf diese Weise kommt sie den eigenen Wünschen näher. Sie entwickelt Vorstellungen darüber, wie ihr Traummann aussehen und welche Eigenschaften er haben sollte. Sie spielt eine Beziehung erst mal in ihrer Phantasie durch. Sie ist der Wirklichkeit ein Stückchen näher als ein Fan, der einen Star liebt. Ihr Geliebter ist zwar da, aber er weiß nichts von ihren Gefühlen. Er ist unerreichbar. Er kann sie nicht verletzen oder zurückweisen, und sie muß nicht beweisen, was für eine tolle Frau sie ist. Könnte sie ihm nahkommen, wäre der schöne Traum vorbei. Denn der Traummann, den sie sich vorstellt, ist er sicher nicht. Das alles hat zwar wenig mit der Realität zu tun, Leylas Gefühle sind aber trotzdem echt. Deshalb kann sie unter der Unerreichbarkeit leiden, obwohl genau das wichtig für sie ist.

Natürlich verliebt sich nicht jede irgendwann in einen Star, aber viele Menschen erleben auch einmal eine völlig aussichtslose Liebe. Vor einer unglücklichen Liebe schützt auch viel Erfahrung nicht. «Fanliebe» ist aber typisch für ein Alter, in dem sich

die Bereitschaft, eine Liebesbeziehung einzugehen, allmählich herausbildet. Sich in einen Lehrer oder eine andere unerreichbare Person zu verlieben ist eine andere Spielart desselben Phänomens. Es ist der Anfang einer neuen Art von Beziehung, das Durchspielen von Möglichkeiten. Wer schon einmal einen Freund oder eine Freundin hatte und angefangen hat, diese Möglichkeiten tatsächlich auszuprobieren, wird sich kaum noch in einen Star oder einen Lehrer verlieben. Denn in der Liebe ist die Wirklichkeit reizvoller als die Phantasie.

Schon bei der «Fanliebe» spielt eine Rolle, was Freundinnen dazu sagen. Andere beeinflussen uns in der Liebe von Anfang an.

Was machen die anderen?

Seit der kurzen Geschichte mit Marcel im letzten Sommer war Maxie nicht mehr verliebt. Sie hatte noch keinen Freund, Marcel zählt irgendwie nicht richtig – ein Ferienflirt. Julia und Leyla hatten auch noch keinen Freund, Janine war kurz mit Felix zusammen, danach mit Florian. Und Sascha und Nicole sind neuerdings das Traumpaar. Manchmal beschleicht Maxie die Angst, sie könnte irgendwann die einzige sein, die noch ohne Freund rumläuft. Angenehm ist ihr diese Vorstellung nicht. Sie kennt zwar eine Menge Leute, zur Zeit ist aber niemand dabei, bei dem es auch nur ein bißchen prickeln würde. «Und», denkt sie, «ich will ja nicht bei jedem sofort darüber nachdenken, ob er wohl als Freund für mich in Frage käme.» «Was wäre anders, wenn ich einen Freund hätte?» überlegt sie. Mit Nicole trifft sie sich kaum noch, seit

Nicole mit Sascha zusammen ist. Die beiden vergessen ihre anderen Freunde völlig. Andererseits wirken die beiden so glücklich, daß man wirklich neidisch werden kann. Und wenn Maxie an den letzten Sommer und Marcel zurückdenkt, dann auch mit einem schönen, warmen Gefühl.

Was ihre Eltern wohl sagen würden, wenn sie einen Freund hätte? Wahrscheinlich käme das auch auf den Freund an. Maxie denkt, daß es Julia vielleicht ähnlich gehen könnte. Sie nimmt sich vor, einmal mit ihr darüber zu reden.

Wahrscheinlich geht es Julia wirklich ähnlich wie Maxie. Maxie hat das Gefühl, das sie sich in eine bestimmte Richtung bewegen *muß*, ob sie will oder nicht. Einige ihrer Freundinnen haben schon einen Freund, andere noch nicht. Aber für Maxie ist es nur eine Frage der Zeit, daß auch die anderen nachziehen. Sie fühlt sich ein bißchen unter Druck. Es könnte sein, daß andere irgendwann glauben, sie wäre komisch, nicht hübsch oder liebenswert, weil sie noch keinen Freund hat. Manchmal hat sie vielleicht sogar das Gefühl, daß sie es wirklich nicht ist. Andererseits weiß sie nicht genau, was sie will: Sie möchte gern einen Freund, und dann auch wieder nicht. Julia ist in einer ähnlichen Situation, deshalb ist es eine gute Idee, mit ihr zu reden. Vielleicht weiß Julia schon etwas besser, was sie will, vielleicht würden ihre Eltern anders reagieren, aber sicher wird sie den gleichen Druck verspüren wie Maxie.

Welche Meinung ist wichtig?

Natürlich könnte dieser Druck für jemand anders auch anders aussehen. Die erste zu sein, die an Jungs und an Sex denkt, wenn die Freundinnen noch mit Barbies spielen, kann auch einsam und unglücklich machen.

Mit der Ablösung von den Eltern werden für die meisten Mädchen Gleichaltrige wichtiger. Von ihnen wollen sie Bestätigung und Anerkennung. Oft bekommst du diese Bestätigung nur, wenn du «mithältst». Viele Mädchen haben in dieser Phase wenig Selbstvertrauen. Weil sie erst herausfinden müssen, wer sie sind und was sie wollen, sind sie von dieser Anerkennung besonders abhängig.

Was du willst, zählt!

Das alles klingt sehr schwierig und ist es auch. Das größte Problem besteht darin, herauszufinden, was du wirklich willst. Die nächste Schwierigkeit ist dann, genau das zu tun. Denn es kann gut sein, daß deine Wünsche nicht immer den Vorstellungen anderer entsprechen. Es gelingt wohl keiner, immer nur den eigenen Wünschen und Überzeugungen zu folgen. Dafür ist der Druck von allen Seiten zu stark, und wir können auch nicht ständig über alltägliche Dinge nachdenken. Manchmal ist es sogar wichtig, ein klein wenig über den eigenen Schatten zu springen und etwas zu tun, was man nicht hundertprozentig möchte. Nur so ist es möglich, neue Erfahrungen zu machen, auszuprobieren, sich zu verändern. Um aber ein Gefühl dafür zu bekommen, wie sehr du dich in welchen Situationen «verbiegen» müßtest, ist es wichtig, zu dem zu stehen, was du im Moment fühlst. Und Gefühle sind oft sehr widersprüchlich, so wie bei Maxie.

Eine besondere Rolle spielen allerdings die Eltern: Wie beeinflussen sie unsere Gefühle und Beziehungen?

. . . und die Eltern?

Ungefähr seit einem halben Jahr gibt es ständig Streit zwischen Maxie und ihrer Mutter. Meistens geht es dabei um Kleinigkeiten, aber Maxie hat einfach keine Lust mehr, ständig an Schularbeiten und Haushaltspflichten erinnert und über ihre Freunde ausgefragt zu werden. Mit Paul, dem Freund der Mutter, kommt sie meist gut aus. Irgendwie versteht er sie viel besser und läßt sie in Ruhe, wenn sie in Ruhe gelassen werden will. Gut, daß er da ist.

Paul lebt seit zehn Jahren mit ihnen. Maxie Schwester Leonie ist jetzt acht. Maxie kann sich kaum noch erinnern, wie es ohne die beiden war. Sie sind eine Familie, auch wenn Paul nicht Maxies Vater und Maxies Mutter nicht mit ihm verheiratet ist. «Die beiden sind Eltern, klar», denkt Maxie, «und sie sind auch noch ein Liebespaar, so verschmust, wie sie manchmal sind.»

Der Streß, den Maxie mit ihrer Mutter hat, kommt den meisten wahrscheinlich bekannt vor. Je heftiger und häufiger der Streit wird, um so wichtiger werden Freunde. Diese Auseinandersetzungen sind wichtig, um sich von den Eltern zu lösen und ein selbständiges Leben zu führen. Der erste Freund spielt dabei eine besondere Rolle. Plötzlich entfernt sich die Tochter mit einem Sprung, der den meisten Eltern unheimlich ist. Partnerschaft, Liebe, Sex gehören zur Welt der Erwachsenen. Deshalb halten viele Eltern ihre Tochter für zu jung «dafür». Bewußt oder unbewußt versuchen sie, diese Entwicklung zu verzögern. Manche sind besonders streng, verbieten ihrer Tochter vielleicht sogar den Freund. Andere sind weniger direkt, verstehen es aber auf ihre Weise doch, eine Liebesbeziehung vorerst zu verhindern.

Es ist verständlich, daß Eltern so reagieren, denn natürlich ist es für sie schmerzhaft, wenn sich ihre Kinder lösen. Außerdem bringt eine erste Liebe meist auch Liebeskummer und Schmerz

mit sich. Und vor Schmerz wollen sie ihre Tochter natürlich schützen. Andererseits orientieren sich die meisten Mädchen stärker an Freundinnen und Freunden – dennoch bleiben Eltern wichtig: Vielleicht tust du nun nicht mehr, was die Eltern erwarten, sondern genau das Gegenteil davon. Das ist natürlich für beide Seiten sehr anstrengend.

Die Konflikte zwischen Eltern und Kindern können sehr dramatisch verlaufen. Sie sind aber kein Zeichen dafür, daß man sich nicht mehr liebt – im Gegenteil.

Eltern als Vorbild

Eltern sind auch das erste Vorbild, das wir in Sachen Partnerschaft haben. Wie werden Konflikte ausgetragen? Werden Entscheidungen gemeinsam oder von einem allein getroffen? Wer verdient das Geld, und wer versorgt die Kinder? Gehen die Eltern nicht nur mit den Kindern, sondern auch miteinander liebevoll um? All diese Fragen beeinflussen uns. Das heißt nicht, daß wir alles genauso machen oder gerade nicht so machen wie die eigenen Eltern. Aber bis wir eigene, andere Erfahrungen machen, setzen wir uns vor allem mit diesen Beziehungsmustern auseinander.

Familien sind heute vielfältiger als früher: Es gibt Eltern, die miteinander verheiratet sind oder auch nicht, alleinerziehende Mütter und Väter, die gelegentlich eine Beziehung haben, «neue» Familien mit Stief- und Halbgeschwistern, lesbische Mütter und schwule Väter, die in einer festen Beziehung leben oder auch nicht. Entscheidend dabei ist nicht die Lebensform, sondern die Zufriedenheit. Sind die Partner glücklich miteinander? Und eine noch größere Rolle spielt die Beziehung der Eltern zu ihren Kindern. Wer viel Liebe von den Eltern bekommen hat, sich geborgen gefühlt hat, Selbstvertrauen entwickeln konnte, wird auch in einer eigenen Liebesbeziehung Liebe und Geborgenheit geben können.

Der Einfluß von Freunden und Eltern geht aber noch weiter. Sie sind, ebenso wie wir, bestimmten gesellschaftlichen Regeln unterworfen. Diese Spielregeln werden uns meist schon so früh vermittelt, daß wir gar nicht mehr darüber nachdenken, woher sie eigentlich kommen und ob sie sinnvoll oder überflüssig sind.

Klischees – die Spielregeln im Kopf

Bereits bevor wir eine Liebesbeziehung eingehen, haben wir gewisse Vorstellungen darüber, wie eine solche Beziehung aussehen sollte – wir kennen die *Spielregeln*. Wir lernen Spielregeln des Zusammenlebens von unsren Eltern und anderen Erwachsenen. Wer glaubt, ganz allein über sein Verhalten und seine Beziehungen zu entscheiden, der irrt sich.

Die meisten Eltern bemühen sich, ihre Kinder «richtig» zu erziehen, ihnen «richtige» Einstellungen, Überzeugungen, Werte, «richtiges» Verhalten beizubringen. Was «richtig» ist, haben sie wiederum von ihren Eltern und anderen Menschen gelernt. Alle Spielregeln zusammen kennen wir auch unter dem Namen Moral.

Diejenigen Regeln, die wir befolgen, weil wir sie für gut und sinnvoll halten, machen unsere persönlichen Werte aus. Vertrauen und Treue beispielsweise sind vielen Menschen wichtig, besonders in einer Partnerschaft.

Gerade am Anfang einer Beziehung sind es aber weniger die unterschiedlichen Werte, sondern eine Vielzahl von Klischees, die unserem Glück im Wege stehen.

Der wahre Kern des Klischees

Klischees sind stark vereinfachende und verallgemeinernde Vorstellungen über Menschen, Rollen oder Beziehungen. Im täglichen Leben begegnen wir ihnen so häufig, daß wir gar nicht alle wahrnehmen können. Es gibt eine Reihe von Klischees darüber, was typisch weiblich und was typisch männlich ist und wie Frauen und Männer miteinander umgehen:
Jungen sind besser in Mathe, Jungen denken ständig an Sex, Mädchen denken nie an Sex, Mädchen sind sensibler als Jungen, Anmache ist Jungensache, über Probleme reden ist Mädchensache, Mädchen wollen kuscheln, Jungen wollen einen Orgasmus. Die Erwartung, daß dies immer so ist oder eigentlich so sein sollte, ist ein Klischee. Oft ist es aber tatsächlich so. Klischees entstehen durch eine «allgemein» geltende Moral, aber auch einfach aus beobachteten Häufigkeiten. Ein Klischee enthält also meist einen wahren Kern. Das Dumme daran ist nur, daß dieser wahre Kern oft nur noch schwer zu finden ist. Sind die meisten Menschen wirklich so? Und ist das ein Naturgesetz, oder könnten sie sich auch anders verhalten? Klischees sind hartnäckig. So hartnäckig, daß viele Menschen sie mit der Wahrheit verwechseln.

Wer sich anders als nach gängigen Klischees verhält, kann damit rechnen, daß andere Leute irritiert, vielleicht sogar schokkiert sind. Dann greift meistens ein neues Klischee, das sich darauf bezieht, was für eine Art Frau eine Frau ist, die sich so verhält. Es kann sich aber lohnen, mutig zu sein:

Vielleicht wartet der nette Typ nur darauf, daß du ihn ansprichst, vielleicht ist er einfach nur schüchtern. Manchmal wird man für ein mutiges, «anderes» Verhalten sogar bewundert. Und, ganz wichtig: Wenn viele Menschen aufhören, an alte Regeln zu glauben, ändert sich die Moral und mit ihr auch die Regeln im Kopf.

Unter den Spielregeln und Klischees sind für Mädchen oft all diejenigen von besonderer Bedeutung, die um das Alter kreisen. Deshalb wollen wir die Altersfrage ausführlicher betrachten.

Zu alt für dich, zu jung für mich

Maxie ist jetzt sechzehn. Sie findet, daß es langsam Zeit wird für einen Freund. Einige Freundinnen von Leonie, Maxies jüngerer Schwester, haben angeblich schon einen Freund. «Aber das ist sicher nur Spielerei oder Angabe», denkt Maxie. Sie sind wirklich noch zu jung. Ein paar Mädchen aus Maxies Klasse hatten allerdings schon mit zwölf einen Freund. Maxie fand es damals eher lächerlich, wenn sie knutschend auf dem Schulhof rumstanden, aber es war ihr auch ein bißchen unangenehm. Jetzt findet sie sich alt genug. Zumindest alt genug, um mit der Liebe anzufangen. Mit Sex würde sie aber wohl noch eine Weile warten, obwohl sie das Gefühl hat, daß es auch dabei eine magische Altersgrenze nach unten und nach oben gibt.

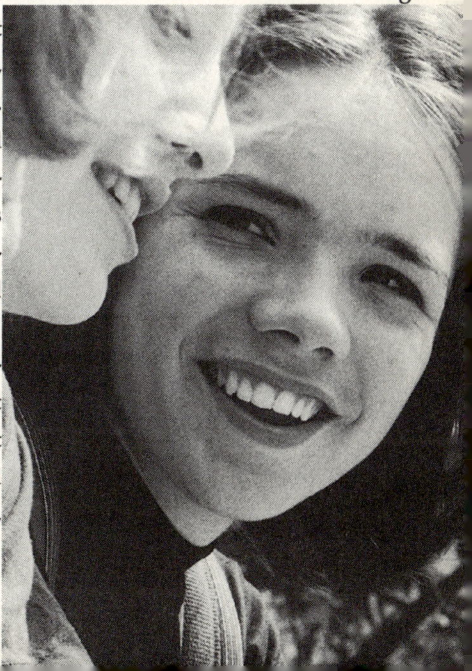

Es müßte also nur der Richtige kommen. Und wie alt sollte der Richtige sein? So alt wie sie, vielleicht ein, zwei Jahre älter. Wäre er viel älter, hätte sie Angst, irgendwie überrannt zu werden. Und jünger als sie sollte er auf keinen Fall sein. Wieso, weiß sie auch nicht genau. Sie kennt kein Mädchen, das einen jüngeren Freund hat. Paul ist allerdings zwei Jahre jünger als Maxies Mutter, aber wenn man vierzig ist, ist das vielleicht egal. Wäre er allerdings fünfundzwanzig, hätte sie schon ein komisches Gefühl, obwohl ja viele vierzigjährige Männer fünfundzwanzigjährige Frauen haben.

So viel ist sicher: ein richtiges Alter gibt es nicht. Die eine verliebt sich mit dreizehn Hals über Kopf und sammelt erste Erfahrungen mit Liebe und Sexualität, die andere mit achtzehn. Die eine findet mit zwanzig den Mann fürs Leben, die andere mit vierzig, und eine dritte will keinen Mann fürs Leben. Die eine verliebt sich in einen jüngeren Mann, die andere in eine ältere Frau. Dabei könnte man es eigentlich belassen und hoffen, daß jede zu ihrer Zeit, in ihrem Tempo die Liebe entdeckt.

Zwischen vierzehn und achtzehn ...

Aber so einfach ist es leider nicht. Die Zwölfjährige, die den ersten Freund hat, wird sicher den Spruch «die fängt ja früh an» hören. Und das ist nicht nett gemeint. Von der Zwanzigjährigen, die noch keinen Freund hatte, wird man vermuten, sie sei irgendwie «anders» oder «ein spätes Mädchen», was auch nicht nett gemeint ist. Etwa zwischen vierzehn und achtzehn, so die Erwartung, sollten Mädchen ihre ersten sexuellen Erfahrungen machen. Sicher ist, daß viele Mädchen in diesem Alter die ersten Liebesbeziehungen aufnehmen. Je mehr Mädchen das sind, desto typischer wird es für diese Altersgruppe. Und daraus entsteht dann eine Erwartung, die alle Mädchen betrifft, also auch die, die sich schon früher verlieben, oder diejenigen, denen Jungs ziemlich egal sind. Deshalb werden einige vielleicht noch etwas warten, weil man sie für zu jung halten könnte, und einige werden versuchen «mitzuhalten», obwohl sie eigentlich noch nicht wollen. Dadurch wird der Druck für alle anderen natürlich noch größer. Insbesondere die Mädchen, die eigentlich noch keine sexuellen Beziehungen möchten, können leicht an sich zweifeln und das Gefühl bekommen, irgendwie nicht «normal» zu sein.

Die Erwartungen, die das Anfangsalter für sexuelle Beziehungen betreffen, haben sich in den letzten Jahrzehnten verändert. Früher hatten Mädchen eher das Problem, daß von ihnen erwartet wurde, mit Sex bis zur Ehe zu warten. In manchen Kulturkreisen gelten diese Regeln auch weitgehend heute noch. Ursprünglich lag dabei der Gedanke zugrunde, Kinder nur in Ehen zu bekommen, um die Versorgung der Kinder zu sichern. Die Leute heirateten viel früher als heute. Natürlich hatten viele trotzdem schon Sex vor der Ehe, es durfte eben nur nicht rauskommen, und vor allen Dingen durfte das Mädchen nicht schwanger werden. Was natürlich nicht immer klappte. Mit der Pille wurde die moralische Wende eingeleitet. Die Gefahr einer Schwangerschaft war plötzlich viel geringer geworden, aber anfangs gab es die Pille nur für verheiratete Frauen. Moral hält sich eben selbst dann noch, wenn es dafür keinen vernünftigen Grund mehr gibt.

Die einzige Grenze

Nach oben hin gibt es keine Altersgrenze, auch wenn der Druck, der von Freundinnen, Zeitschriften und Fernsehen ausgeht, noch so stark ist. Warten kann jede, solange sie will. Eine Altersgrenze nach unten gibt es allerdings schon. Diese Grenze ist juristisch festgelegt, und das ist auch gut so. Die entsprechenden Gesetze sind dazu da, Kinder und Jugendliche vor sexuellem Mißbrauch zu schützen. Kinder und Jugendliche sind von Erwachsenen leicht zu beeinflussen und können dann womöglich ihre eigenen Wünsche und Bedürfnisse unter dem Einfluß eines sie bedrängenden Erwachsenen nicht mehr wahrnehmen und äußern.

Ein Erwachsener, der mit einem Mädchen schläft, das noch nicht sechzehn ist, kann also bestraft werden. Sexueller Mißbrauch ist das aber noch nicht unbedingt. «Sexueller Mißbrauch» liegt nur dann vor, wenn der Erwachsene eine «Zwangslage» ausnutzt. Das Gericht berücksichtigt also die näheren Umstände. Ist ein Mädchen oder ein Junge allerdings jünger als vierzehn Jahre, handelt es sich immer um sexuellen Mißbrauch, der hart bestraft wird.

Der richtige Zeitpunkt für eine Liebesbeziehung läßt sich also nur schwer am Alter festmachen, auch wenn es ganz normal ist, sich erst mal an anderen zu orientieren. Denn ein Mädchen, das noch keine Beziehung gehabt hat, kann schlecht wissen, woran sie den richtigen Zeitpunkt erkennen soll. Einfach gesagt, kann sie es an ihrer Bereitschaft und ihren Motiven erkennen, aber was genau ist damit gemeint?

Will ich oder will ich nicht?

Maxie ist irgendwie genervt. Allmählich hat sie genug von diesem Zustand. Im allgemeinen ist sie fröhlich und unternehmungslustig, aber jetzt ist sie seit Tagen in dieser merkwürdigen Stimmung. Zu nichts hat sie richtig Lust, zu Hause streitet sie sich dauernd rum, mit ihrer Mutter und vor allem mit Leonie, die ja nun wirklich nichts dafür kann. In der Schule geht alles seinen öden Trott, und ausgerechnet jetzt sind Julia und Leyla allerbester Laune. Warum sie eigentlich so schlecht drauf ist, weiß sie nicht genau. Irgend etwas muß anders werden. Aber was?

Ob vielleicht die Liebe etwas ändern könnte? Schon möglich. Aber in der jetzigen Verfassung ist Maxie nicht gerade attraktiv. Und wo soll sie auch jemanden kennenlernen, wenn sie zu nichts Lust hat und mit einem mürrischen Gesicht durch die Gegend läuft. Maxie verhält sich fast so, als ob sie im Grunde niemanden kennenlernen möchte. Will sie am Ende gar nicht?

So einfach ist das nicht mit dem Wollen. Oft wollen wir und gleichzeitig auch wieder nicht. Und gerade in der Liebe treiben uns widersprüchliche Gefühle schier zum Wahnsinn. Wir wollen ihn, aber vielleicht kommt ja morgen noch ein tollerer Typ. Wir

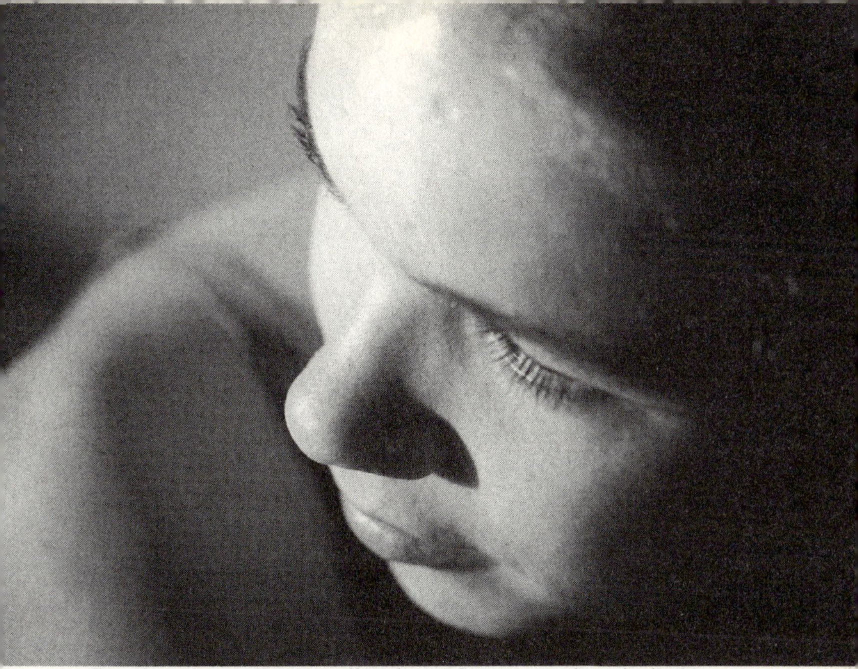

wollen den einen, aber er soll nicht wichtiger werden als die beste Freundin. Wir wollen bestimmen, wo's langgeht, aber wir wollen keinen Mann, der sich herumkommandieren läßt. Wir wollen Sex, aber er soll es nicht merken. Kein Wunder, daß wir uns verlieben wollen und gleichzeitig Angst davor haben.

Gemischte Gefühle

Der Wunsch nach einer Liebesbeziehung kann heute da sein und morgen verschwunden. Bei nächster Gelegenheit ist er dann wieder da, und irgendwann wird er stärker als der gleichzeitige Wunsch nach Freiheit. In der Zwischenzeit erleben viele Mädchen, ähnlich wie Maxie, Phasen der Unzufriedenheit.

Eine Prise Unzufriedenheit ist gut, denn sie bewirkt, daß wir Neues ausprobieren, uns verändern. Das allein reicht aber nicht zum Verlieben. Wer nur unzufrieden ist, sitzt allein in der Ecke oder nörgelt anderen die Ohren voll. Manche Unzufriedene probieren krampfhaft-verzweifelt, sich endlich zu verlieben – zuviel der guten Unzufriedenheit!

Ein Zusammenspiel von Unzufriedenheit mit einer gewissen Gelassenheit ist dagegen gut. Wer kreuzunglücklich ist, kann diese Gelassenheit nicht aufbringen und muß vor der Liebe vielleicht noch andere Schwierigkeiten lösen. Wer dagegen die totale Ruhe weg hat, dem fehlt die nötige Portion Ansporn.

Und dann gibt es zum Glück noch die Neugier. Davon können wir nicht genug haben. Manchmal müssen wir die verlorengegangene Neugier allerdings erst ein wenig wiederbeleben. Wenn du neugierig auf Liebe und Sexualität bist, dich für Menschen interessierst und wissen willst, wie Jungen aussehen, denken und fühlen, dann ist der richtige Zeitpunkt zum Verlieben da.

Dann geht es fast von selbst

Dieser richtige Zeitpunkt steht am Ende eines Entwicklungsprozesses, den die eine als anstrengend und schwierig erlebt, während die andere ihn kaum bemerkt. Ein Abwägen zwischen Vor- und Nachteilen findet aber im Grunde schon statt, bevor wir uns verlieben, auch wenn wir kaum etwas davon merken. Es führt zu einer Art innerer Bereitschaft, die sich am ehesten mit der inneren Bereitschaft von Kindern vergleichen läßt, die sprechen oder lesen lernen. Während Erwachsene Fremdsprachen sehr langsam erlernen, eignen sich Dreijährige die Muttersprache mühelos an. Zum richtigen Zeitpunkt geht es fast von selbst. Anders als beim Spracherwerb gibt es glücklicherweise für die Liebe viele richtige Zeitpunkte im Leben.

Die Auseinandersetzung mit dem Für und Wider kann unbewußt oder sehr offen geführt werden. Manchmal ist es ganz gut, direkt darüber nachzudenken, warum du so gerne einen Freund hättest oder warum du immer noch zögerst, obwohl die Bewerber Schlange stehen. Wer vor allem deshalb einen Freund will, weil die Freundinnen einen haben, muß sich nicht wundern, wenn sich das ganz große Prickeln einfach nicht einstellen will. Das spürst du erst, wenn andere Beweggründe hinzukommen. Wer auf den Traumprinzen wartet, kann lange warten und inzwischen viele nette Jungs übersehen.

Zu all diesen Schwierigkeiten mit unseren widersprüchlichen Wünschen und Gefühlen kommt noch ein ständiger, selbstquälerischer Zweifel über das eigene Aussehen hinzu. Wer ist schön genug für die Liebe?

Schön genug für die Liebe?

Ein kritischer Blick in den Spiegel – nein, in diesem Kleid kann sie sich wirklich nicht sehen lassen. Eigentlich ist Maxie mit ihrem Aussehen ganz zufrieden, aber ihre stämmigen Beine würden eher zu einem Mittelstürmer passen, findet sie. «Quatsch», meint Leyla, wenn sie darüber klagt, «willst du etwa auf solchen Stelzen wie ich rumlaufen?» «Eigentlich schon», denkt Maxie, «Leyla hat wirklich wunderschöne Beine.» Also wird sie eben zu Katjas Geburtstagsfete die Jeans anziehen, dabei fand sie das Kleid anfangs so sexy. «Zum Glück bin ich wenigstens nicht zu dick», denkt sie, «obwohl diese Hose auch schon mal besser zuging. Und jetzt auch noch diese blöden, frischen Pickel auf der Stirn,

sicher schimmern die selbst unter einer Make-up-Schicht durch. Ausgerechnet heute! Geh ich oder geh ich nicht?» «Bist du fertig?», Leyla steht in der Tür, um sie abzuholen. «Ja, aber ich weiß nicht. Sieh dir nur diese Pickel an. Kann ich so überhaupt gehen?» «Spinnst du?», fragt Leyla, «welche Pickel?»

Eigentlich ist Maxie mit ihrem Aussehen ganz zufrieden – aber, aber, aber! Wer kennt diese Abers nicht! Die stacksigen Beine, der dicke Hintern, der flache Busen, die Sommersprosse auf der Nase und überhaupt: die Figur, die Figur. Die Figur ist für die meisten Mädchen das Hauptproblem, und die meisten finden sich zu dick. Nur schlank ist schön, behaupten Werbung, Film und Fernsehen, und nur wer schön ist, findet den Traumprinzen.

Die Figur

Mit der Pubertät stellen sich weibliche Rundungen ein, die selten hundertprozentig zu diesem Ideal passen. Unsere körperliche Statur ist größtenteils in unseren Genen festgelegt. Genausowenig, wie wir beeinflussen können, ob wir 1,60 m oder 1,90 m groß werden, können wir etwas an dieser zugrunde liegenden Statur ändern. Eine Frau mit kräftigen Oberschenkeln und kleinem Busen wird diese, im Verhältnis zu ihrem Gewicht, auch behalten.

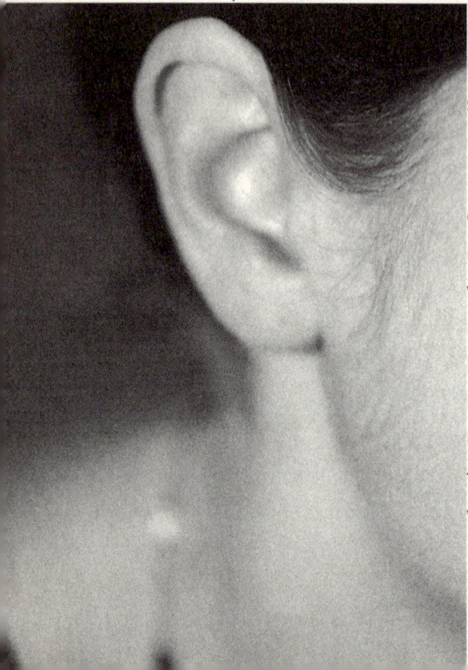

Wer wirklich zu dick ist – und das heißt zuviel Gewicht, nicht nur zuviel Po –, kann natürlich etwas abnehmen, aber besser nicht mit einer Radikaldiät, denn das kann, besonders während der Pubertät, unangenehme gesundheitliche Folgen haben. Mit Diäten solltest du aus zwei Gründen vorsichtig sein: Zum einen sind

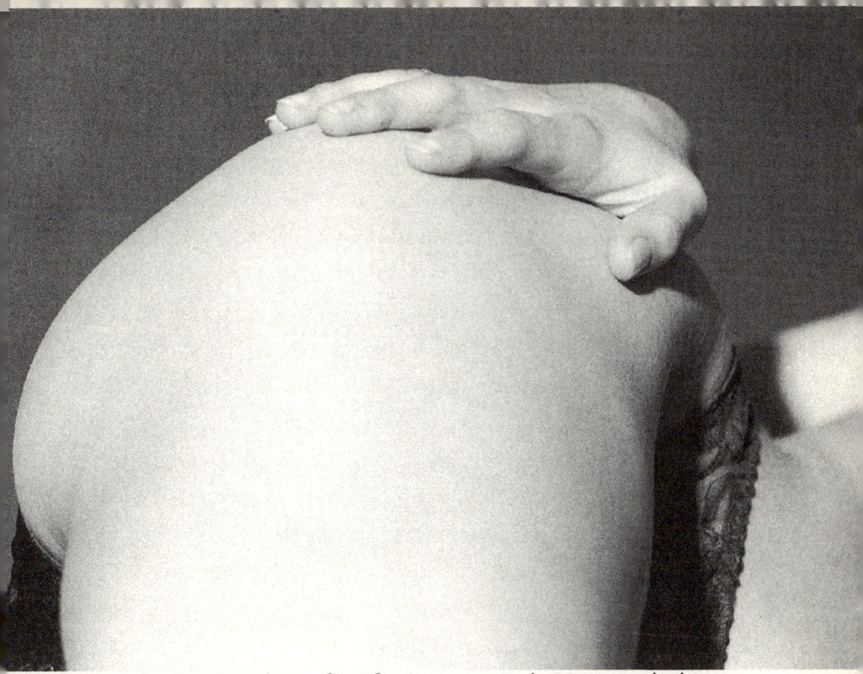

Diäten die Einstiegsdroge für Eßstörungen. Jede Magersucht beginnt mit einer Diät. Zum zweiten paßt sich der Körper der Diät an: Der Stoffwechsel stellt sich auf die verminderte Nahrungsaufnahme ein, die Nahrung wird besser verwertet. Diese Umstellung dauert auch noch an, wenn wir wieder normal essen, und dann werden wir schneller dick als vorher. Das Ganze wird auch Jo-Jo-Effekt genannt.

Der einen oder anderen Problemzone tut vielleicht auch Sport ganz gut. Der Bauch wird flacher, die Taille etwas schmaler, und der ganze Körper kann etwas muskulöser werden, je nach Sportart natürlich. Probier es einfach mal aus. Erfolge stellen sich aber natürlich nicht von heute auf morgen ein. Sport zu treiben ist vor allem deshalb gut, weil das Körperbewußtsein sich verändert. Den eigenen Körper zu spüren und einzusetzen erzeugt ein positives Körpergefühl und damit mehr Selbstvertrauen. Wenn du dich selbst und deinen Körper magst, denkst du nicht mehr – oder kaum noch – an die Idealfigur.

Beim Sport geht man mit anderen ungezwungener um, berührt einander und sieht vielleicht, daß auch die anderen nicht perfekt gebaut sind. Diese Beobachtung läßt sich auch im Schwimmbad oder in der Sauna machen, vorausgesetzt, du traust dich. Denn natürlich heißt das auch, selbst angesehen zu werden.

Schon wieder ein Pickel

Das zweite große Problem ist für viele die Haut. Unreine Haut oder sogar Akne treten in der Pubertät durch die komplizierte Hormonumstellung auf. Eine gesunde, ausgewogene Ernährung wirkt sich meist auch positiv auf die Haut aus, aber erwarte kein Wunder. Mädchen, die sowieso die Pille nehmen, werden meist feststellen, daß dadurch Hautprobleme verschwinden. Es gibt bestimmte Pillensorten, die auch gegen Akne helfen. In erster Linie ist die Pille aber ein Verhütungsmittel und kein Medikament gegen Akne. Mit Akne nicht zu verwechseln ist der häßliche Pickel im falschen Moment, den wohl jede kennt: That's life! Die Haut ist ein sehr sensibles Organ und solange deine Haut auf Aufregung oder Streß nur mit einem Pickelchen reagiert, ist alles in Ordnung. Laß ihn so, wie er ist, oder vesuch es mit Abdeckstiften, wie es dir lieber ist. Vor allem aber: Versuche, nicht daran zu denken. Wenn das nicht klappt, denk an nichts anderes. Das hilft meistens besser.

Kleine Veränderungen wirken auch

Es wäre Quatsch zu behaupten, daß Aussehen nicht wichtig ist. Es ist wichtig, denn den ersten Eindruck von einem Menschen bekommen wir über sein Aussehen. Dazu gehört allerdings mehr als die gute Figur und die makellose Haut: Größe, Augen, Gesichtszüge, Haarfarbe, Hände und vieles mehr. Und es gibt eine Menge Möglichkeiten, sich ein bißchen schöner zu fühlen. Gib dem Glück also mehr als eine Chance. Auf kleine Veränderungen an deinem Äußeren reagiert die Umwelt meist direkter als auf eine begonnene Diät. Eine neue Frisur, Haarfarbe, ein witziger

schöne Augenbrauen
ein bisschen intelligent
lache gern
koche gut
tanze besser

neuer Kleidungsstil, Experimente mit Lidstrich und Wimperntusche – das alles kann dir zeigen, wie schön du bist. Dabei ist natürlich vor allem wichtig, wie du dir gefällst, aber du wirst überrascht sein, welche Veränderungen anderen gefallen. Der Test lohnt sich!

Training fürs Selbstbewußtsein

Mit dem Gefühl, besser auszusehen, steigt auch das Selbstvertrauen und umgekehrt. Selbstvertrauen verschafft Ausstrahlung und macht Mut. Selbstvertrauen läßt sich zum Glück nicht nur durch besseres Aussehen steigern. Manchmal reicht es schon, sich einmal eigene Fähigkeiten und Stärken bewußtzumachen. Eine gute Übung für den Anfang besteht darin, zehn Dinge oder Eigenschaften aufzuschreiben, die du an dir magst – ohne Kritik, ohne Wenn und Aber. Wenn du es ausprobierst, wirst du merken, daß es gar nicht so einfach ist. Wahrscheinlich dauert es auch eine ganze Weile, bis die Liste voll ist. Schreib einfach immer dazu, wenn dir wieder etwas Neues auffällt, also z. B. «kann sehr gut flirten» oder «bin unheimlich witzig» oder auch «schöne, blaue Augen». Und schmeiß die Liste bloß nicht hinterher weg. Sie hilft dir sicher in Momenten, in denen du das Gefühl hast, klein und unscheinbar zu sein.

Und jetzt, ausgestattet mit viel Neugier, einer Prise Lust, etwas Mut und genügend Selbstvertrauen kann die Liebe losgehen. Nur: Wo findest du sie, und wie geht es dann weiter?

[Anmache]

Bevor eine Beziehung losgehen kann, sei es eine Liebesbeziehung oder eine Freundschaft, müssen wir die andere Person bemerken, sie interessant finden und den Kontakt herstellen. Im Idealfall geht das ganz automatisch: Zwei sehen sich, finden sich sympathisch, quatschen miteinander und treffen sich wieder. Meistens gilt es aber die eine oder andere Schwierigkeit zu überwinden. Wenn wir uns in jemanden verlieben, sind wir meist aufgeregt oder haben Angst, uns zu blamieren, so daß wir es einfach nicht schaffen, ihn oder sie anzusprechen. Aber auch wenn wir den Mut dazu gefunden haben, bleibt immer noch die Frage, welches denn die erfolgversprechendste Methode ist. Bei anderen fängt das Problem noch früher an – sie wollen überhaupt erst mal jemanden kennenlernen. In diesem Kapitel geht es darum, wie es ist, verliebt zu sein, welche Möglichkeiten es gibt, einen Jungen oder ein Mädchen anzumachen, und was du tun kannst, wenn alles nicht so automatisch klappt.

Verliebt

Diesmal ist es wirklich der tollste Typ, den Maxie sich vorstellen kann. Eigentlich kennt Maxie Tobias schon eine Weile, aber so richtig aufgefallen ist er ihr bisher nicht. Aber jetzt ist alles anders. Samstag war die Geburtstagsparty bei Katja. Maxie war eigentlich nur hingegangen, weil ihre Freundin Leyla sie mitgeschleppt hatte. Maxie kannte kaum jemanden, und dann weiß sie nie so recht, was sie sagen soll. Sie knabberte ununterbrochen Chips, um etwas in der Hand zu haben, quatschte mit einigen Leuten über dies und das. Tobias kümmerte sich die ganze Zeit mit seinen Kumpels um die Musik. Maxie hörte sie lachen und hin und wieder Bemerkungen über die Mädchen auf der Tanzfläche machen. Tobias war der ruhigste in der Gruppe. Maxie hockte mit ihrer Chipstüte auf einer Matratze und beobachtete ihn. «Wie seine Augen leuchten, wenn er lacht», dachte sie. Plötzlich bekam sie Lust, ihn zu berühren. Sie wünschte sich, er sollte einfach zu ihr rüberkommen und sie in den Arm nehmen, dann würden sie gemeinsam auf die Tanzfläche gehen und eng aneinandergeschmiegt tanzen ... Plötzlich spürte Maxie eine Berührung an ihrem Arm. War das etwa ...? Leyla stand vor ihr: «Maxie, was sitzt du denn hier so alleine rum und träumst? Ich glaube, du bist schon betrunken!» Maxie ließ sich von der Freundin mitziehen, sie konnte sich aber auf nichts mehr konzentrieren. Ständig mußte sie an Tobias denken.

Maxie ist verliebt in Tobias. Das merkt sie ganz deutlich. Sie kann sich kaum auf etwas konzentrieren, muß ständig an ihn denken. Die Anzeichen für Verliebtsein sind eigentlich unverkennbar: Wer verliebt ist, lebt in einem Ausnahmezustand – alles dreht sich um den Geliebten. In Gedanken sind wir ständig bei ihm – was wird er jetzt wohl machen? Unsere Interessen, Verpflichtungen und Probleme sind plötzlich unwichtig, was zählt, ist die Liebe! Natürlich ist es ein Unterschied, ob wir in jemanden verliebt sind, der unsere Gefühle erwidert – dann können wir gemeinsam im siebten Himmel schweben. Oder ob wir nicht wissen, wie es um seine Gefühle bestellt ist – dann schwanken wir ständig zwischen Hoff-

nung, bald ein glückliches Paar zu sein, und Angst, daß er oder sie sowieso nichts von uns will. Auch das eigene Verliebtsein ist nicht immer beständig. Es kann auch Momente geben, in denen wir nicht wissen, was wir eigentlich fühlen – und uns fragen, was an der Person eigentlich so besonders ist, warum wir uns ausgerechnet in sie verliebt haben. Wenn wir uns verlieben, passiert objektiv gesehen eigentlich gar nichts Weltbewegendes. Die Situation ist meist alltäglich: Der Ort des Geschehens kann die U-Bahn sein, das Klassenzimmer, die Disco oder jeder noch so langweilige Ort. Der Junge oder das Mädchen ist eine Person unter vielen. Jemand anderem würde sie nicht weiter auffallen. Aber bei dir knallt's plötzlich. Aber was ist es, das dich zu so einem starken Gefühl bewegt? Vielleicht hat er etwas Witziges gesagt, sie hat dir ihre Hilfe angeboten, oder er hat schöne Augen oder ein nettes Lächeln. Jeder andere fände daran nichts Besonderes. Aber für dich ist plötzlich alles anders: Du bist verliebt! Wenn wir uns später den Moment des Verliebens wieder vorstellen (tausendmal) oder an-

deren davon erzählen (tausendmal), fällt uns vieles ein, was wir an dem anderen toll finden: sein Lachen, ihr Selbstbewußtsein, seine Figur, ihre tollen Haare … Aber wieso wir uns unter Tausenden ausgerechnet in diese Person verliebt haben, wird wohl ein Geheimnis bleiben. Vielleicht ist er genauso, wie wir uns den Traummann vorgestellt haben – oder auch ganz anders. Auf jeden Fall: Wer erst mal verliebt ist, beschäftigt sich meist weniger mit der Frage ‹warum?›, sondern vielmehr damit, ihm oder ihr näherzukommen.

Der erste Schritt

Maxie, Julia und Leyla schlendern nach dem Kino durch den Park und reden über den Film. Wie zu erwarten, hat die Hauptdarstellerin zum Schluß natürlich ihren Traummann gekriegt. «Bei den Frauen im Film sieht immer alles so einfach aus», sagt Maxie, «die ziehen sich sexy an, schminken sich, lächeln ein bißchen, und schon laufen ihnen die Männer hinterher.» «Wenn's in Wirklichkeit auch so einfach wäre – dann könnten wir jeden Typen kriegen, der uns gefällt …» Leyla fasziniert

der Gedanke sichtlich. Aber Maxie holt sie in die Realität zurück: «Sagt mir lieber, wie ich an Tobias rankommen soll – auf Katjas Party hab ich ihn nur die ganze Zeit angestarrt und mich nicht getraut, was zu sagen – und er hat mich wahrscheinlich nicht mal bemerkt.» «Lad ihn doch ins Kino ein, zu einem Liebesfilm», schlägt Julia vor. «Sehr witzig – ich dachte an was, wo ich nicht gleich knallrot im Boden versinke», Leylas Ideen gefallen Maxie schon besser: «Du könntest ihm einen Brief schreiben, oder frag ihn, ob er dir eine seiner tollen Reggae-CDs ...» «Ja genau!» fällt Julia ihr ins Wort. «Oder sprich erst mal mit Jens, ich glaube, der ist mit Tobias ganz gut befreundet. Vielleicht kann er dir sagen, ob Tobias dich auch mag.» «Und wenn nicht?» Maxie ist nicht so überzeugt. «Wenn er auch in mich verliebt wäre, hätte er mich ja zumindest mal anlächeln können ... Allerdings, die Sache mit der CD könnte ich ja vielleicht mal probieren.»

Sich verlieben – das passiert einfach. Aber wie geht's danach weiter? Was ist, wenn der Auserwählte nicht erkennen läßt, ob er auch verliebt ist? Vielleicht tut er's ja auch, aber ist das so eindeutig, wenn er dich mal anlächelt oder dir in die Augen schaut? Maxie wäre es am liebsten, wenn Tobias auf sie zukäme oder alles irgendwie von alleine laufen würde. Es erscheint oft erst mal einfacher, darauf zu warten, daß der andere den ersten Schritt tut – dann können wir uns bequem zurücklehnen und brauchen nicht das Risiko einer Abweisung einzugehen. Wer allerdings immer nur abwartet, trägt auch ein Risiko: nie herauszufinden, ob der Junge auch Interesse hat – zumindest, wenn der die gleiche Scheu hat. Und das ist gar nicht so unwahrscheinlich, denn den meisten Menschen erscheint es sicherer, erst mal abzuwarten und nicht zuviel zu riskieren. Denn wer Gefühle zeigt, ist verletzlich und angreifbar.

Klein anfangen

Es ist verständlich, daß viele deshalb erst mal «klein anfangen»: Statt jemandem gleich die große Liebe zu schwören, können wir erst mal allgemeines Interesse zeigen; Blickkontakt suchen und lächeln, statt mit einem Strauß roter Rosen vor der Tür zu stehen. Das macht nicht nur weniger verletzlich, sondern gibt euch auch die Chance, abwechselnd und schrittweise aufeinander zuzugehen. Es gibt viele Möglichkeiten, kleine erste Schritte zu gehen, ohne gleich zuviel Gefühl zu zeigen. Wenn du den Jungen schon etwas kennst, kannst du darauf achten, ob ihr gleiche Interessen habt, und ihm dann vorschlagen, etwas gemeinsam zu unternehmen. Das muß nicht unbedingt mit ihm alleine sein – am Anfang ist es einfacher, ihn zusammen mit ein paar Freunden für gemeinsame Unternehmungen zu gewinnen. So könnt ihr zum Beispiel zusammen ins Konzert gehen oder zum Schlittschuhlaufen, auf ein Straßenfest oder zum Badesee. Oder überleg dir, wie du ihn ohne großes Risiko ansprechen kannst: Du kannst dir ein Buch oder ein Computerspiel von ihm leihen. Du kannst ihn auf eine Party einladen. Wichtig ist vor allem, erst mal in Kontakt zu kommen und zu zeigen, daß du ihn magst. Ob du dabei auch mit kleinen Tricks arbeiten möchtest – z. B. «versehentlich» etwas von ihm einzustecken oder etwas bei ihm zu vergessen –, bleibt

dir überlassen. Was manchen unehrlich oder zu taktisch erscheint, ist für andere durchaus okay. Wenn du jemanden triffst, den du nicht kennst, und nicht weißt, ob du ihn noch mal wiedersehen wirst – zum Beispiel in der U-Bahn oder in der Disco –, solltest du schnell handeln. Vielleicht denkst du, daß du unbedingt etwas Originelles sagen solltest – aber wenn dir nichts einfällt, frag ihn lieber nach der Uhrzeit, als überhaupt nichts zu sagen. Vielleicht entdeckst du schon auf den ersten Blick eine kleine Gemeinsamkeit zwischen euch, oder du traust dich sogar, ihm ein Kompliment zu machen. Das muß nichts Großes sein, eher in der Art wie: «Dein T-Shirt gefällt mir.» Wenn ihr erst mal ins Gespräch gekommen seid, ist der schwere erste Schritt getan.

Ungewißheit

Wenn du mit jemandem Kontakt aufnimmst, in den du verliebt bist, wirst du wahrscheinlich immer noch nicht wissen, wie es um seine Gefühle bestellt ist. Versuche, die Situation so zu nehmen, wir sie ist, statt dich zu sehr auf das erhoffte Ergebnis zu konzentrieren! Genieße das Zusammensein mit ihm oder ihr als das, was es ist: Zeit, die ihr zusammen verbringt, Spaß, den ihr miteinander habt, und die Möglichkeit, euch ein bißchen näher kennenzulernen. Dabei hast du auch die Chance zu erkennen, ob die Person dem ersten äußeren Bild, das du dir gemacht hast, noch ähnlich ist. Wer nur daran denkt, daß die Anstrengungen der Anmache sich lohnen und möglichst bald zu einer Beziehung führen sollten, riskiert, daß es erst recht nicht klappt. Sei es, daß wir zu schnell aufgeben, weil wir enttäuscht sind, daß der andere nicht sofort so reagiert, wie wir es uns wünschen. Oder daß wir uns Hals über Kopf in eine Beziehung stürzen, die wir mit etwas mehr Ruhe lieber nicht eingegangen wären.

Laß dir Zeit.

Nach und nach wirst du merken, ob er auch Interesse an dir hat. Achte auf kleine Anzeichen: Wie spricht er mit dir, sucht er deine

Nähe, und – ganz wichtig – wie sieht er dich an? Wenn du deinem Gefühl vertraust, wirst du die Signale richtig deuten. Wichtig dabei ist allerdings, dich nicht auf deine Hoffnungen oder Ängste zu konzentrieren, sondern auf das, was du wahrnimmst.

Wenn's schiefgeht

Maxies Versuche, Tobias näherzukommen, waren erfolglos. Zwar hat er ihr eine CD geliehen, aber gefunkt hat's bei ihm anscheinend nicht. Jedenfalls hat er nur ganz sachlich mit Maxie geredet – und so interessiert an einem längeren Gespräch oder einem Treffen schien er auch nicht zu sein. Er will einfach nichts von ihr. Sie ist deprimiert und traurig. Maxie zweifelt an sich selbst. Vielleicht ist sie einfach zu häßlich und zu doof, als daß sich jemals jemand für sie interessieren könnte. Vor allem nicht Tobias ... Und auch sonst wird sie nie wieder jemanden kennenlernen, davon ist sie überzeugt.

Wer verliebt ist und sich endlich dazu aufgerafft hat, aktiv zu werden, ist natürlich enttäuscht, wenn der Versuch erfolglos ist. Enttäuscht ist noch untertrieben. Häufig versetzt eine Abweisung dem Selbstbewußtsein einen Schlag. «Es muß doch einen Grund geben, warum er mich nicht mag.» «Sie will mich nicht, weil ich ihr zu kindisch bin.» Viele quälen sich mit Selbstzweifeln herum – zumindest im ersten Moment. Wenn der erste Schock überwunden ist, können wir wieder klarer denken – sicher sind wir noch traurig, aber vom Kopf können wir zumindest einsehen, daß der andere einfach einen anderen Geschmack hat, jemand anders liebt oder im Moment einfach nicht bereit ist, sich zu verlieben. Wenn du beginnst, dich von den Selbstzweifeln zu befreien, hast du schon eine Menge gewonnen. Schmerzhaft ist es trotzdem noch. Da hilft nur Zeit vergehen lassen und sich inzwischen bei den Freundinnen ausweinen. Versuch, dir selbst etwas Gutes zu tun, und laß dich ruhig auch mal überreden, mit anderen etwas zu unternehmen. Auch wenn es dir am Anfang nicht so vorkommt – nach einer Weile läßt der Schmerz nach!

Jemanden kennenlernen

«Großer Mann, 27, sucht kluge Prinzessin, die Rotwein mag und Feuer und Schwimmen in den Sonnenuntergang – wäre das nichts für dich, Maxie?» «Nee, zu alt.» «Oder hier: Bist du bereit für einen neuen Anfang? Dann darfst du mich nicht verpassen ...» Maxie und Julia blättern in den Kontaktanzeigen des Stadtmagazins. «Das gibt's doch gar nicht», wundert sich Julia, «daß so viele Leute über eine Anzeige jemanden kennenlernen wollen! Und wenn man den Texten glaubt, sind es nicht mal nur die Doofen und Häßlichen.» «Na für mich wäre es, glaube ich, trotzdem nichts – woher willst du wissen, auf wen du dabei triffst? Die Chance, daß er zu dir paßt, ist ja so klein, wie im Lotto zu gewinnen.» «Vielleicht, aber es ist eine von vielen Möglichkeiten, jemanden kennenzulernen.»

Nicht jede lernt einfach so jemanden kennen, der ihr gefällt. Die Jungs in der Klasse sind vielleicht einfach zu kindisch. Als Mädchen ein Mädchen kennenzulernen ist ja noch nicht so schwer, aber ein Mädchen zum Verlieben? In der Nachbarschaft ist auch kein toller Typ zu entdecken. Die netten Jungs sind schon vergeben – oder schwul. Wer sich trotzdem endlich mal verlieben möchte, kann ruhig etwas aktiver werden. Das heißt nicht, gleich eine Heiratsvermittlung aufzusuchen. Und wer jeden Abend in der Disco krampfhaft versucht, endlich jemanden anzubaggern, hat auch nicht immer Erfolg damit. Besser ist es, zufällig jemanden kennenzulernen. Leicht gesagt – denn weil's mit dem Zufall bisher nicht so geklappt hat, ist man ja überhaupt auf der Suche. Es gibt allerdings die Möglichkeit, dem Zufall ein bißchen nachzuhelfen: Je mehr Leute man trifft, desto wahrscheinlicher ist es, daß jemand Nettes dabei ist. Wer den ganzen Tag zu Hause vor dem Fernseher oder dem Computer verbringt oder immer nur mit denselben drei Freundinnen zusammenhockt, wird wohl kaum dem Traumtypen begegnen – höchstens im Internet. Wer dagegen bei verschiedenen Freizeitaktivitäten immer wieder neue Leute trifft, kann Bekannte und Freunde finden. Wer meint, es ginge ja gar nicht darum, Bekannte und Freunde zu finden, sondern um einen Partner, der überstürzt die Sache etwas. Die große Liebe ist nicht unbedingt eine auf den ersten Blick. Und außerdem: Sicher lernt man über die neuen Freunde wieder Leute kennen ... Und wenn wir uns Freizeitaktivitäten aussuchen, an denen wir wirklich Spaß haben, sind wir schon allein deshalb entspannt und gut drauf. Und mit guter Laune lassen sich einfach besser Kontakte knüpfen!

Flirten

Maxie ist wieder richtig gut drauf. Es sind Sommerferien, und sie ist mit ihrer ganzen Clique am See. Endlich hat sie mal eine Weile Ruhe vor der Schule. Sogar das Wetter ist super. Maxie und Leyla paddeln mit der Luftmatratze über den See, albern herum und machen Pläne, was sie in den Ferien alles anstellen wollen. Vom Ufer ist Kreischen und Lachen zu hören. Drei Jungs schwimmen um die Wette. Aus einer plötzlichen Laune heraus gleitet Maxie von der Luftmatratze, schwimmt mit einem Affenzahn los, so daß sie die drei überholt und als erste am Ufer ankommt. Sie lacht und prustet. «Gewonnen!» ruft sie. Die Jungs sind etwas irritiert und lachen dann mit. Sie wechseln noch ein paar Worte, dann schwimmt Maxie zurück zu Leyla. «So kenn ich dich ja gar nicht, Maxie, daß du so locker Jungs ansprichst, und dann noch drei auf einmal! Kanntest du die?» fragte Leyla. «Och, ich hatte einfach Lust dazu, und außerdem will ich ja gar nichts von denen.» Trotzdem wundert sie sich ein bißchen über sich selbst. So schwer war es gar nicht, einfach auf jemanden zuzugehen. Sie nimmt sich vor, es einfach noch mal zu versuchen. Abends in der Disco nimmt sie ihren ganzen Mut zusammen und geht auf einen supersüßen Typ zu: «Hey, kennen wir uns nicht irgendwoher?» «Scheiße», denkt sie im gleichen Moment, «das war ja nicht gerade einfallsreich.» Aber er antwortet tatsächlich: «Ja, klar, im ersten Moment hätte ich dich fast nicht wiedererkannt, du bist doch die unverschämt schnelle Schwimmerin.»

Jetzt wird es Maxie aber wirklich peinlich. Was soll der Typ bloß von ihr denken? Nach einem kurzen Wortwechsel verabschiedet sie sich: «Na dann, vielleicht sehen wir uns später noch» und macht sich auf die Suche nach ihren Freundinnen.

Flirten ist eine unverbindliche Art, mit jemandem Kontakt aufzunehmen und spielerisch Sympathie zu zeigen. Flirten kann man also mit jedem, der einem auf den ersten Blick ganz nett erscheint. Meist bleibt es dabei bei einem kurzen Blickkontakt oder einem netten Lächeln – Maxie ist also schon etwas weiter gegangen. Flirten hat erst mal nicht den Anspruch, einen intensiveren Kontakt zu knüpfen. Es geht um die Stimmung im Augenblick und darum, miteinander Spaß zu haben. Ganz nebenbei probiert man damit auch aus, wie man bei anderen ankommt. Das heißt, irgendwie ist Flirten auch eine Übung für den «Ernstfall». Natürlich kommt es auch vor, daß sich aus einem Flirt mehr entwickelt: Eine interessante Unterhaltung, ein netter Abend oder sogar noch mehr!

Verliebt in ein Mädchen!

Bis jetzt war Maxies Vorstellung von Liebe eigentlich ganz klar: Ihre Mutter ist mit einem Mann zusammen, die Mädchen in ihrer Klasse sind in Jungs verliebt und die Jungs in Mädchen. Maxie selber träumt manchmal noch von Tobias. Na gut, daß ihr Lieblingsonkel Mark schwul ist, weiß Maxie. Sie kennt auch ein paar Leute aus dem Fernsehen, die homosexuell sind. Und manche be-

haupten auch, daß die Englischlehrerin lesbisch ist. Aber Julia? Maxies Freundin Julia? Gut, so ganz sicher ist es nicht. Und wenn schon – ist ja schließlich ganz normal, denkt Maxie. Trotzdem war sie überrascht, als Julia ihr gestern erzählte, daß sie ein Mädchen unheimlich toll fand, das sie in den Sommerferien im Zeltlager kennengelernt hat. Dabei schaute Julia ganz verträumt in die Ferne. Zum Glück bekam sie dadurch den kurzen Moment des Erstaunens bei Maxie nicht mit. Offenbar muß Julia unsicher gewesen sein, wie ihre Freundin wohl reagieren würde – immerhin ließ sie nach den Ferien drei Wochen verstreichen, bis sie mit der Nachricht herauskam. Maxie hat sich wieder gefangen: «Und», fragt sie, «erzähl doch, bist du verliebt? Und sie in dich? Siehst du sie wieder?» Julia antwortet zögernd. Verliebt ist sie auf jeden Fall, auch wenn sie es am Anfang nicht glauben wollte. Aber das Gefühl war ziemlich eindeutig. Ständig wollte sie in Imkes Nähe sein … Und Imke mochte sie auch. Sie haben viel zusammen unternommen, fast jeden Abend bis in die Nacht hinein geredet und zum Schluß ihre Adressen ausgetauscht und sich versprochen, in Kontakt zu bleiben. Aber daß sie in Imke verliebt war, das hat sich Julia doch nicht getraut, ihr zu sagen.

Die meisten Mädchen kennen das Gefühl, ein anderes Mädchen besonders toll zu finden, unbedingt mit ihr befreundet sein zu wollen und eifersüchtig zu sein, wenn sie einen Freund hat, mit dem sie plötzlich ihre ganze Freizeit verbringt. Im allgemeinen ist das die beste Freundin. Beste Freundinnen erzählen sich alles, gehen Arm in Arm die Straße entlang, telefonieren stundenlang. Manche probieren mit der besten Freundin Zungenküsse. Einige Mädchen machen ihre ersten erotischen Erfahrungen mit der besten Freundin. Darauf läßt sich erst mal noch nicht schließen, ob ein Mädchen lesbisch ist oder nicht. Es kann sein, daß ein Mädchen dabei merkt, daß sie sich erotisch zu Frauen hingezogen fühlt, es kann auch sein, daß sie später nur auf Männer steht. Julia hat sich einfach plötzlich in ein anderes Mädchen verliebt.

Daß sie verliebt ist, ist für sie klar. Sie hat sich so heftig verliebt, daß sie es gar nicht ignorieren kann. Das Gefühl ist ganz anders als damals, als sie für kurze Zeit in Oliver verliebt war. Wenn sie jetzt darüber nachdenkt, erscheint es ihr irgendwie oberflächlich im Vergleich zu dem, was sie jetzt fühlt. Wie es weitergeht, weiß Jula nicht so genau. Erst mal ist sie ganz von ihren Gefühlen in Anspruch genommen. Von ihrer Bewunderung für Imke, ihrer Sehnsucht nach ihr und der Trauer, sie jetzt nicht mehr jeden Tag zu sehen – und der Angst, sie vielleicht nie wieder zu sehen.

Bin ich lesbisch?

Trotzdem beschäftigt Julia die Frage, ob sie jetzt tatsächlich lesbisch ist oder nicht. Seit sie in Imke verliebt ist, ist diese Vorstellung für sie spannend und zugleich beruhigend. Wenn es ihr so gut dabei geht, kann es ja nicht schlimm sein. Trotzdem ist es ihr auch unheimlich. Was wird das für sie bedeuten? Was würden ihre Eltern sagen und ihre Freunde und Freundinnen? Sie hätte sicher weniger Probleme, wenn sie sich doch noch in einen Jungen verlieben würde.

Viele Mädchen schlagen sich mit diesen Fragen herum. Manche sind sich unsicher, ob sie lesbisch sind, können ihre Gefühle noch nicht so richtig einordnen. Einige wissen es insgeheim, wollen es aber nicht wahrhaben und versuchen, dagegen anzukämpfen. Für andere ist es einfach klar, und sie fühlen sich gut. Trotzdem bleibt die Frage, wie sie es den Eltern und den Freundinnen schonend beibringen können.

Lesben kennenlernen

Da nur 7–10 % der Frauen lesbisch sind, ist die Auswahl an möglichen Partnerinnen statistisch gesehen kleiner als die Auswahl an Jungen für heterosexuelle Mädchen. Außerdem ist uns unsere sexuelle Orientierung nicht unbedingt an der Nasenspitze anzusehen. Allerdings entwickeln Lesben nach und nach ein Gefühl und den Blick dafür, andere Lesben erkennen zu können, auch wenn die nicht aussehen, wie es das Klischee vorschreibt. Viele lesbische Mädchen und Frauen treffen sich auch an bestimmten Orten, um andere Lesben kennenzulernen. Das können Lesbencafés oder Lesbendiscos sein oder auch Orte, wo sich Lesben und Schwule gemeinsam treffen. Doppelt hilfreich sind Coming-out-Gruppen oder Junge-Lesben-Gruppen: In diesen Gruppen treffen sich Frauen und Mädchen, die sich gegenseitig dabei unterstützen, ihre Identität als Lesbe zu finden und sich damit auch nach außen zu zeigen. Ganz nebenbei lernt frau dabei neue Freundinnen kennen.

Ist das Liebe?

Maxie hat die drei Jungs, die sie in den Sommerferien am See kennengelernt hat, tatsächlich wieder getroffen. Philipp, Sven und Marco heißen sie. Ein paarmal haben sie sich am See oder irgendwo in der Stadt zufällig getroffen. Erst war es Maxie noch ein bißchen peinlich, daß sie den einen in der Disco so plump angemacht hat, aber er scheint es ihr nicht übelzunehmen, und so quatschen sie öfters miteinander, und auch Leyla und Julia freunden sich mit den dreien an. Von den drei Jungs mag Maxie Philipp am liebsten. Irgendwie gefallen ihr Jungs, die eher ruhig und nicht so großmäulig sind. Sie kommen einfach gut miteinander klar, obwohl sie zum Teil ganz unterschiedliche Interessen haben. Sie können herumalbern oder auch mal ernsthaft reden. Die anderen fangen schon an zu lästern. «Wann ist denn die Hochzeit?» fragten sie, oder: «Das muß Liebe sein.» Die blöden Sprüche könnte Maxie einfach überhören, aber irgendwie ist es ihr peinlich. Vielleicht, weil auch sie merkt, daß sich etwas verändert: Wenn sie Philipp ein paar Tage nicht gesehen hat, fehlt er ihr richtig. Und vor allem kann sie nicht mehr so unbefangen mit ihm umgehen wie damals, als sie sich kennengelernt haben – ihr ist wichtig, was er von ihr denkt, und sie möchte sich nicht vor ihm blamieren.

Maxie ist offenbar dabei, sich in Philipp zu verlieben. Sie merkt, daß es für sie mehr werden könnte als nur ein Flirt oder eine kumpelhafte Freundschaft. Trotzdem – oder gerade deshalb – wird sie wieder vorsichtiger im Kontakt mit Philipp. Sie ist sich unsicher, wie er zu ihr steht. Mag er sie einfach als gute Freundin? Will er mehr von ihr? Maxie möchte sich nicht blamieren. Sie traut sich nicht, weiter auf ihn zuzugehen. Sie weiß nicht, ob und wie es mit ihnen weitergehen kann. Andere scheinen darüber schon mehr zu wissen. Kann es wirklich sein, daß sie Maxies und Philipps Gefühle zueinander besser kennen als die beiden selber? Oder sind das einfach nur blöde Sprüche? Es kommt tatsächlich vor, daß Außenstehende schon merken, daß zwei ineinander verliebt sind, wenn die beiden selber es überhaupt noch nicht wahrnehmen. Die Sprüche können ganz schön nerven, wenn wir selber noch unsicher sind und nicht wissen, wie wir uns verhalten sollen. Noch fehlt der Mut, den nächsten Schritt zu tun und überhaupt – würden wir wirklich zusammenpassen?

Würden Maxie und Philipp zusammenpassen? Und wie sollte der Traummann oder die Traumfrau sein? Mehr dazu im nächsten Kapitel.

Zueinander

Krebs sucht Steinbock – oder doch lieber Zwilling? Wer schon mal Kontaktanzeigen studiert hat, wird sicher auf die eine oder andere Anzeige gestoßen sein, die den passenden Partner am Sternzeichen festmacht. Nichts gegen Horoskope, aber warum verliebt frau sich nie in das entsprechende Sternzeichen? Und warum passen angeblich Skorpione zu Wassermännern, aber nicht zu Schützen? Welche Eigenschaften sind damit gemeint?

Zwei, die zueinander passen, wirken harmonisch auf uns. Unser Harmoniegefühl ist gestört, wenn der etwas klein geratene Typ aus der Nachbarschaft plötzlich eine 1,90 m große Freundin hat. «Was die beiden wohl aneinander finden?» fragen sich viele schon, wenn «die Optik nicht stimmt». Besonders deutlich werden Unterschiede auch bei Paaren aus verschiedenen Kulturen. Wie kommen zwei miteinander aus, die aus ganz veschiedenen Welten stammen? Spätestens, wenn sich die emanzipierte Freundin ausgerechnet in den stadtbekannten Macho verliebt, halten wir die Liebe für unvernünftig. «Gegensätze ziehen sich an», sagt ein Sprichwort. Aber geht das auch gut?

Einige Leute behaupten etwas provozierend, daß Frauen und

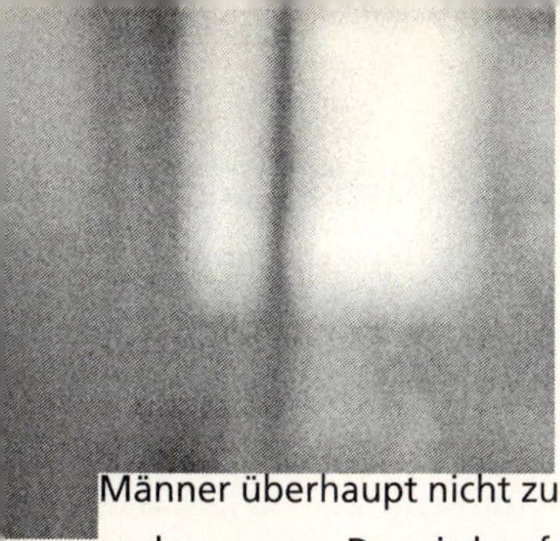

Männer überhaupt nicht zueinander passen. Da wird auf Unterschiede in Sexualität und Sprache hingewiesen, die verschiedenen Bedürfnisse und Persönlichkeiten beschrieben. Und dann gibt es noch all die Menschen, die sich auch sexuell nicht vom Gegensatz, sondern vom Gleichen angezogen fühlen und homosexuell leben. Paßt vielleicht gleich und gleich besser zusammen?

Wer sich verliebt, überlegt sich normalerweise erst hinterher, ob der oder die Geliebte auch «paßt». Manche wissen auch von vornherein, daß es wieder der Falsche ist – trotzdem wollen sie genau den und keinen anderen. Warum eigentlich?

Beginnen wir mit Maxie, deren Schwäche für Horoskope und Psychotests wahrscheinlich viele teilen.

passen]

Sternzeichen und Psychotests

Maxie und Leyla sind gerade mit einem Stapel Bücher aus der Stadtbücherei nach Hause gekommen. Sie haben es sich auf Maxies Bett bequem gemacht und nehmen sich das «Liebeshoroskop» vor. Maxie hat im Februar Geburtstag, Sternzeichen Wassermann. Leyla ist Waage. Während Leyla damit unter Venuseinfluß steht und einfach das gewisse Etwas hat, scheinen Maxies Stärken nicht unbedingt in der Liebe zu liegen; allerdings verspricht ihr das «Liebeshoroskop» die Liebe auf den ersten Blick. «Na, dann muß sich ja keine von uns besonders anstrengen», meint Leyla lachend, «und welches Sternzeichen paßt so zu uns?» «Zum Wassermann Zwillinge und zu dir Schützen. Kennst du einen Schützen?» «Nicht daß ich wüßte. Wie ist es denn mit Skorpionen?» «Skorpion? Wer ist denn Skorpion, Tobias oder Philipp? Also Skorpione sind ganz schlecht: starrsinnig, nachtragend, eifersüchtig. Das ist nichts für dich.» «Wem das wohl gefällt? Die passen dann ja höchstens zu ihrem eigenen Sternzeichen. So 'n Quatsch!» «Ja, komm, laß uns lieber mal diesen komischen Psychotest machen, vielleicht ist das lustiger: Bist du ein Traumgirl?»

Horoskope und Psychotests üben auf viele Menschen eine gewisse Anziehung aus. Wie bin ich wirklich? Wie stehen meine Chancen in der Liebe? Was genau brauche ich, und wer kann mir das geben? Mit anderen Worten: Wer paßt zu mir? Auf all diese Fragen läßt sich mit Horoskop oder Psychotest eine schnelle Antwort finden – angeblich.

Schön wär's, wenn es so einfach wäre. Wir müßten uns nie mehr verlieben, sondern einfach beim ersten Date fragen: «Bist du zufällig Stier, Widder oder Löwe? Falls ja, vergiß mich am besten.» So könnten wir allen Problemen von vornherein aus dem Weg gehen. Und wenn gerade dieser Löwe ein ausgesprochen untypischer Löwe und der absolute Traum wäre, wir würden es nie erfahren. So richtig ernst nehmen das zum Glück die wenigsten. Wir freuen uns zwar wie die Schneekönige, wenn Psychotest oder Horoskop wirklich auf uns zutreffen. Aber wer hat noch nicht beim Psychotest gemogelt? Und Horoskope sind meist so vieldeutig formuliert, daß immer irgend etwas zutrifft. Die Astrologie ist sehr umstritten, und psychologische Testverfahren sind viel aufwendiger als das, was wir in Zeitschriften finden. Wenn du Spaß an Horoskopen und Psychotests hast, genieße sie trotzdem weiterhin. Denn ein kleiner wahrer Kern steckt meistens dahinter, und jeder Test kann ein Anlaß sein, über sich selbst und andere Menschen nachzudenken.

Ob zwei zusammenpassen oder nicht, hängt aber sicher von anderen Faktoren ab als von den Sternen – vom Geschlecht zum Beispiel. Mädchen und Jungen unterscheiden sich in ihren Vorstellungen von Liebe, Sexualität und Partnerschaft. Worauf achten Mädchen überhaupt, und was wollen Jungen?

Was Mädchen wollen . . .

Was Maxie will, weiß sie eigentlich ganz genau: Gut aussehen soll er, der Traummann, aber noch wichtiger sind ihr bestimmte Eigenschaften: Zärtlichkeit, Intelligenz, Treue, Humor, Ehrlichkeit, Verantwortungsgefühl. Auch für Leyla ist das Aussehen zweitrangig. Als sie sich darüber unterhalten, was wirklich für sie zählt, können sie keine großen Unterschiede zwischen sich feststellen. «Zärtlichkeit und Treue sind mir genauso wichtig wie dir. Komisch, wir müßten eigentlich auf ähnliche Typen stehen. Aber dieser Philipp – er ist nett, aber mein Typ ist er nicht. Irgendwie zu ruhig für meinen Geschmack.» «Ja, ich weiß», sagt Maxie, «du fliegst auf Angeber.»

Typisch Mädchen? Die meisten Mädchen antworten auf die Frage nach ihrem Traummann ähnlich wie Maxie und Leyla. Das Aussehen sei zwar wichtig, aber nicht so wichtig – jedenfalls nicht für eine Partnerschaft. Persönlichkeit ist gefragt. Und an der Persönlichkeit schätzen sie vor allem die Eigenschaften, die auch Maxie nennt. Zärtlichkeit und Zuverlässigkeit sind wichtiger als Potenz und Spontaneität.

Wie der Traummann aussehen sollte, läßt sich leichter beschreiben als seine Persönlichkeit. Wenn wir uns verlieben, wissen wir normalerweise wenig darüber, ob der Auserwählte treu, zärtlich und zuverlässig ist. Wir wünschen einfach, er wäre es. Es sind meist nicht die schönen, inneren Werte, die den Ausschlag geben, ob wir das nun zugeben wollen oder nicht. Wenn du schon öfter verliebt warst, hast du vielleicht festgestellt, daß es immer wieder ein ähnlicher «Typ» ist, der dein Herz schneller schlagen läßt: der Lustige, der mit den viel zu langen Armen und Beinen oder der Nachdenkliche mit Brille? Es müssen nicht unbedingt die besonders «schönen» Männer sein, die dir gefallen.

Worauf Mädchen achten

Es gibt aber auch ein paar Kleinigkeiten, auf die die meisten Mädchen bei Jungen achten. Zum Beispiel die Größe: Die meisten Mädchen bevorzugen Jungen, die etwas größer sind als sie. Auch das Alter scheint eine Rolle zu spielen. Ältere Jungen sind beliebter als jüngere. Später kommen noch einige andere Kriterien hinzu. Selten finden sich Paare, bei denen *er* viel weniger verdient als *sie*, bei denen *sie* den einflußreicheren und angeseheneren Beruf hat. Daraus läßt sich schließen, daß der Status eines Mannes für Frauen wichtig ist.

Umwelt oder Gene?

Was uns bei der Partnerwahl tatsächlich leitet, weiß niemand so genau. Verschiedene Theorien liefern verschiedene Erklärungen dafür. Einige führen die Partnerwahl vor allem auf frühkindliche Erfahrungen zurück. Es spricht auch manches dafür, daß bestimmte Vorlieben bereits in unseren Genen angelegt sind, weil sich diese bei unseren frühesten menschlichen Vorfahren als nützlich erwiesen haben. Der erwähnte Altersunterschied zwischen Frauen und Männern findet sich beispielsweise in fast allen Teilen der Welt wieder.

Naheliegend ist die Vermutung, daß wir uns bei der Wahl eines

Partners an den Erwartungen und Vorbildern unserer Umwelt orientieren. Eltern vermitteln ihren Kindern ihre Vorstellung von einer guten Partnerschaft – das wichtigste Vorbild für eine Partnerschaft geben sie mit ihrer eigenen Beziehung. Zur Umwelt gehören aber mehr und mehr auch Werbung, Kino, Fernsehen. Wir wachsen mit konkreten Vorstellungen eines «Traumpaares» auf, wir kennen es aus Filmen, Liebesromanen und sogar schon aus Kinderbüchern. Sehr vereinfacht finden sich diese Phantasien im Märchen von Aschenputtel wieder: Er ist reich, mächtig und berühmt, und sie ist wunderschön. Auch wenn wir längst nicht mehr an Märchen glauben, kann es doch sein, daß uns solche Geschichten beeinflussen, ebenso wie die Biologie, Erfahrungen oder unsere Eltern. Das alles gilt für Jungen natürlich genauso. Und gerade deshalb haben Jungen andere Vorstellungen von Partnerschaft als Mädchen.

. . . und wie ein Junge sein muß

Mädchen wünschen sich Zärtlichkeit, Gefühle, Romantik. Jungen wünschen sich tolle Frauen und Sex, Sex, Sex. Deshalb achten sie bei Mädchen hauptsächlich auf das Aussehen. Ganz so ist das natürlich nicht, wie wir für Mädchen schon zeigen konnten. Aber es ist auch nicht ganz anders.

Jungen wachsen unter anderen Bedingungen auf als Mädchen. Auch wenn sich Eltern wirklich bemühen, ihre Kinder gleich zu erziehen, irgendwie werden sie ein Mädchen doch anders behandeln als einen Jungen. Bewußt oder unbewußt versuchen sie, ein Mädchen zu einem Mädchen und einen Jungen zu einem Jungen zu erziehen. Ein einfaches Beispiel sind Kleidung und Spielzeug. Ein Mädchen, das lieber Hosen als Röcke trägt, gern auf Bäume klettert und mit Legos spielt, wird vielleicht scherzhaft als «halber Junge» bezeichnet, dieses Verhalten ist aber noch nicht sehr außergewöhnlich. Möchte sie mal ein Kleid anziehen, werden sich die meisten Eltern darüber freuen und sie süß finden. Und umgekehrt? Eltern, deren Sohn ein Kleid anziehen will, werden das bestenfalls anfangs lustig finden, ihm solche Wünsche aber nach und nach abgewöhnen. Denn Männer tragen in dieser Welt Hosen. Auch ein verschmuster Junge, der gern mit Puppen spielt, macht Eltern wahrscheinlich mehr Sorgen als ein wildes Mädchen.

Haben Mädchen es leichter?

Das alles klingt so, als ob Mädchen es leichter hätten. In diesem Punkt, der Übernahme einer Geschlechtsrolle, haben sie es tatsächlich leichter, und zwar aus mehreren Gründen: Ihre Rolle ist vielfältiger. Als Kinder können sie sich sowohl sehr mädchenhaft als auch teilweise jungenhaft benehmen. Folglich werden sie für Abweichungen auch nicht so leicht bestraft oder ausgelacht. Ein Junge, der gern mit Barbies spielt, wird meist nicht sehr von anderen Jungen geachtet. Die meisten Kinder werden nach wie vor von Frauen erzogen. Für Mädchen bedeutet dies, daß sie eine Vielzahl realer Vorbilder haben, Jungen müssen sich viel stärker an Erwartungen oder Fernsehvorbildern orientieren. Dieser Vorteil der Mädchen beruht leider darauf, daß die weibliche Rolle insgesamt niedriger bewertet wird als die männliche. Ein Mädchen, das sich männlich benimmt, übt damit ein Verhalten aus, das grundsätzlich in unserer Gesellschaft angesehener ist. Ein Junge mit einem mädchentypischen Verhalten «steigt» sozusagen freiwillig «ab».

Jungen haben es schwerer, ihre Geschlechtsrolle zu übernehmen. Sie haben größere Angst, kein «richtiger» Junge zu sein. Je mehr Angst sie haben, desto überzogener und machohafter wirkt oft ihr Verhalten. Besonders während der Pubertät, wenn die Frage «Wird aus mir auch ein richtiger Mann?» aktuell wird, werden viele Jungen deshalb für Mädchen unerträglich.

Harte Kerle

Die männliche Rolle, die viele Jungen glauben, ausfüllen zu müssen, schreibt Härte, Durchsetzungsvermögen und Potenz vor.

Film- und Fernsehvorbilder für Männlichkeit retten die Welt und erobern zwischendurch reihenweise tolle Frauen. Eine tolle Frau ist dabei eine Frau, die klasse aussieht. Gefühle, Liebeskummer oder gar Angst kennen diese Typen nicht. Es ist schwierig zu entscheiden, ob sich Jungen verstellen, um diesen Zielen nachzueifern, oder ob sie wirklich so sind. Wie man erzogen wird und sich verhält, so ist man schließlich auch.

Natürlich sind nicht alle Jungen so, genausowenig wie alle Mädchen von einem Leben als Ehefrau und Mutter träumen. Mancher hatte vielleicht einen sehr gefühlvollen und zärtlichen Vater zum Vorbild, ein anderer denkt einfach viel nach und redet mit anderen darüber.

Jungen achten bei der Partnerwahl wirklich stärker auf das Aussehen als Mädchen. Ob die Gründe dafür in ihrer Erziehung oder in ihrer männlichen «Natur» liegen – wahrscheinlich beides. Der Fairneß halber muß aber noch mal gesagt werden, daß auch Mädchen zuerst auf das Aussehen achten.

Daß Jungen sich von einer Beziehung vor allem Sex versprechen, kann schon sein. Vielleicht denken Jungen wirklich häufiger an Sex. Aber an diesem Punkt schlagen die unterschiedlichen Rollenerwartungen gnadenlos zu: Jungen verhalten sich so, als würden sie dauernd an Sex denken, weil «richtige» Männer angeblich dauernd wollen. Mädchen denken vermutlich öfter an Sex, als sie zugeben. Oder? Auch wenn Sex bei vielen an erster Stelle kommt, wünschen sich natürlich auch Jungen Zärtlichkeit, Nähe und Liebe. Diese Wünsche sind nicht Mädchen-typisch, sondern typisch menschlich.

Aus alldem läßt sich schließen, daß zwei einander toll finden, daß sie sich verlieben, ohne zu wissen, ob sie zueinander passen oder nicht. Genauso ist es! Allerdings folgt der ersten Verliebtheit ein zweiter Blick. Und der beginnt meist mit der Suche nach Gemeinsamkeiten.

Gemeinsamkeiten

Maxie liegt auf ihrem Bett und träumt vor sich hin. Sie ist in Philipp verliebt, einen der drei Jungen vom See. Und Philipp? Manchmal ist er betont cool, dann wieder sieht er sie mit einem Blick an, der ihr direkt in den Bauch geht. «Ob überhaupt etwas aus uns werden kann?» überlegt sie. «Manchmal verstehe ich ihn gar nicht. Julia hat neulich gesagt, wir würden gut zusammenpassen. Was sie damit wohl gemeint hat? Sicher fällt ihr etwas anderes auf als mir. Und bestimmt findet sie, daß wir einander ähnlich sind. Zueinanderpassen heißt ja wohl vor allem, Gemeinsamkeiten zu haben.»

Gemeinsamkeiten sind natürlich eine günstige Voraussetzung, wenn man etwas miteinander anfangen will. Das gilt für Liebesbeziehungen ebenso wie für Freundschaften. Wenn sie sich brennend für Fußball interessiert, er Fußball verabscheut und lieber in die Oper geht, ist eine gemeinsame Freizeitgestaltung schon etwas schwierig. Auch Gesprächsthemen finden sich leichter, wenn es Gemeinsamkeiten gibt. Denn wer möchte sich schon ständig übers Wetter unterhalten oder angeschwiegen werden?

Schön sucht schön, klug sucht klug

Gemeinsame Interessen sind wichtig. Ob aber Julia gemeinsame Interessen meinte, als sie davon sprach, daß Philipp zu Maxie passen würde? Zugegeben, Julia kennt Maxie sehr gut, aber Philipp kaum. Ihr Urteil bezieht sich wahrscheinlich vor allem auf den ersten Eindruck, auf das Aussehen. Maxie ist hübsch, Philipp sieht ganz gut aus. Er ist etwas größer als Maxie, trägt offenbar am liebsten Jeans, T-Shirt und Turnschuh. Das paßt zu Maxie und ihrer Vorliebe für Basecaps. Es ist gar nicht so oberflächlich, wenn Julia aus diesen Äußerlichkeiten den Schluß zieht, die beiden würden gut zusammenpassen. Äußerlichkeiten sind wichtiger, als wir zugeben möchten. Meist suchen wir uns Partner, die auch äußerlich zu uns passen, und wir erwarten eine solche Partnerwahl auch von anderen. Schöne Menschen suchen sich normalerweise auch gutaussehende Partner. Das ist nicht das einzige Kriterium, aber ein wichtiges.

Der zweite Eindruck würde Julia verraten, daß Philipp ein ruhiger, nachdenklicher Junge ist, manchmal witzig, aber längst nicht so fröhlich wie Maxie. Wir können uns nur schwer einen gutaussehenden Mann mit einer kleinen, dicken Frau vorstellen. Ebenso schwer fällt es zu akzeptieren, daß die intelligente Freundin wirklich mit dem strunzdummen Angeber zusammensein will oder der temperamentvolle Typ aus dem Sportverein mit dieser Langweilerin. Wer *ein bißchen* klug ist, unterhält sich am liebsten mit anderen *ein bißchen* Klugen, nicht mit Superschlauen und nicht mit Dummköpfen. Wenn solche grundlegenden Eigenschaften bei einem Paar sehr unterschiedlich sind, vermuten wir Probleme in der Liebe. Ähnliche Persönlichkeiten versprechen mehr Spaß miteinander und erleichtern das Verständnis für den anderen.

Freunde, Sex und Temperament

Gemeinsame Freunde sind für viele ebenfalls sehr wichtig. Wer gemeinsame Freunde hat, hat nicht nur immer ein Gesprächsthema, sondern kann auch zusammensein und trotzdem etwas mit Freunden unternehmen. Der Freund ist nicht nur dabei, weil er eben «der Neue» ist. Er gehört im Idealfall einfach dazu. Wenn seine Freunde dir total unsympathisch sind und es ihm mit deinen Freunden genauso geht, gehst du entweder schlechtgelaunt mit zu den Parties seiner Freunde oder mußt dich allein vergnügen. Das kann mal ganz nett sein, aber immer? Und natürlich stellt sich jede in dieser Situation irgendwann die Frage, was sie eigentlich an diesem Typen findet. Ist er seinen schrecklichen Freunden nicht irgendwie ähnlich? Warum wären sie sonst seine Freunde?

Sex ist nicht alles, aber Sex ist wichtig. Wenn sie am liebsten zweimal am Tag wilden Sex auf dem Küchenfußboden hätte und er jedesmal lieber ein bißchen auf dem Sofa kuscheln würde, paßt das weniger gut zusammen, als wenn beide in etwa die gleichen sexuellen Wünsche haben. Sie fragt sich, ob sie ihn nicht genug anmacht, er wünscht sich mehr Zärtlichkeit. Oft kann es schon helfen, einander einfach zu sagen, was man sich wünscht. Und ein bißchen Übung gehört auch dazu. Wenn es aber miteinander einfach keinen Spaß macht, dann paßt ihr sexuell nicht zusammen, auch wenn ihr viele andere Gemeinsamkeiten habt.

Sex, Aussehen, Freunde, Interessen, Temperament – das sind längst nicht alle Bereiche, in denen Gemeinsamkeiten wichtig sein können. Alter und Herkunft bestimmen beispielsweise unsere Weltsicht mit. Zwei Achtzehnjährige aus Berlin haben normalerweise mehr Ähnliches erlebt als ein Zwanzigjähriger und eine Vierzigjährige oder ein Junge aus einem sizilianischen Dorf und ein Mädchen aus Tokio. Sie werden es leichter haben, einander zu verstehen, weil sie einen ähnlichen Hintergrund haben.

Wie erklärst du die Welt?

Noch wichtiger als diese Erfahrungen sind aber die Schlüsse, die daraus gezogen werden – das Welt- und Menschenbild, Wertvorstellungen bis hin zu politischen Einstellungen. Eine Frau, die nicht an Gott glaubt und niemals eine Kirche betritt, hat ein anderes Weltbild als ein frommer Katholik. Wenn beide nach ihrem Weltbild handeln, paßt das nur schwer zusammen. Dieses Weltbild hängt nicht nur von unserer Herkunft, unserer Erziehung und Erfahrungen ab, sondern auch von persönlichen Entscheidungen. Deshalb können zwei Menschen gleicher Herkunft, Geschwister zum Beispiel, in diesem Punkt verschiedener sein als andere, die sich nie zuvor gesehen haben.

Vergangenheit und Zukunft

Paare haben eine gemeinsame Zukunft und, wenn sie länger zusammen sind, auch eine gemeinsame Vergangenheit. Wie soll die Zukunft aussehen? Gibt es ähnliche Vorstellungen oder denkt sie schon daran, zusammenzuziehen, während er lieber allein leben will? Bis zu welchem Punkt wird gemeinsam geplant, und wo hört die gemeinsame Zukunft auf? Es ist sehr schön, sich eine gemeinsame Zukunft auszumalen, selbst wenn man nur Luftschlösser baut. Über die Zukunft zu reden kann aber auch sehr schmerzhaft sein, wenn die Vorstellungen nicht zueinander passen. Je länger zwei zusammen sind, desto wichtiger wird auch die gemeinsame Vergangenheit. Man kann sich an die erste Verabredung erinnern, alte Fotos ansehen, Jahrestage (oder auch Monats- oder Wochentage) des Zusammenseins feiern. Ein Liebespaar ohne Vergangenheit und Zukunft ist ein Liebespaar ohne Liebesgeschichte.

Heißt das, zwei Menschen sollten sich in der Liebe so ähnlich wie möglich sein? So ganz kann das nicht stimmen, denn die meisten Mädchen wünschen sich einen Freund, keine Freundin. Und größere Unterschiede als die zwischen Männern und Frauen gibt es wohl kaum. Aber bevor wir den Reiz des anderen untersuchen, wollen wir bei den Frauen bleiben. Was lieben Frauen an Frauen? Wie sieht eine Liebe aus, in der der große Unterschied keiner ist – was ist lesbische Liebe?

Gleich und gleich – lesbisch

In letzter Zeit hängt Julia ständig mit der Neuen aus dem Chor rum. Meike heißt sie. «Sie hat eine schöne Sopranstimme, braunes, kurzgeschnittenes Haar und ein Nasenpiercing. Irgend jemand hat die beiden angeblich schmusend im Freibad gesehen. Seitdem muß sich Julia in der Schule viele dumme Sprüche anhören. «Julia und Meike wären ein hübsches Paar», denkt Maxie. Ob sie schon eins sind, scheint Julia nicht genau zu wissen. «Verliebt bin ich, ja», hat sie auf Maxies Frage geantwortet, aber ich hab keine Ahnung, wie es ihr geht. Ich glaube schon, daß ich lesbisch bin. Ich hab mir auch vorgenommen, demnächst mit meinen Eltern darüber zu reden. Begeistert werden sie zwar

nicht sein – trotzdem!» Julia ist damit die erste Lesbe, die Maxie kennt. Sie hat mal gehört, daß 7–10% aller Menschen homosexuell leben. Rein rechnerisch müßte sie doch mindestens eine kennen. «Ob Julia wohl welche kennt?»

Homosexuell heißt wörtlich übersetzt gleichgeschlechtlich. Das Wort lesbisch geht auf eine Dichterin der Antike zurück, die auf der griechischen Insel Lesbos lebte. Von Sappho sind einige leidenschaftliche Liebesgedichte an Frauen überliefert.

Manche haben es leichter

Möglich, daß Julia schon einige Lesben kennengelernt hat. Vor allem in den Großstädten ist es für junge Lesben in den letzten Jahren selbstverständlicher geworden, schon früh zu ihrer Lebensweise zu stehen. Trotzdem ist es nicht ganz einfach, und nicht alle leben schließlich in Großstädten. Es kann unterschiedliche Formen von Diskriminierung geben. So ist es verletzend, wenn Freundinnen und Freunde den Kontakt abbrechen, die Eltern sich fragen, was sie «falsch» gemacht haben, und die Liebste nicht zu Familienfeiern eingeladen wird. Nach wie vor wird in unserer Gesellschaft Heterosexualität als «normal» angesehen, also die Liebe zum anderen, nicht zum gleichen. Dabei ist die erste geliebte Person für Mädchen ebenso wie für Jungen meist eine Frau: die Mutter. Die Bereitschaft und Fähigkeit, Frauen zu lieben, ist also anfangs bei allen Menschen da.

Julia ist in Meike verliebt. Sie fühlt sich sexuell vom eigenen Geschlecht angezogen. Einigen Mädchen geht es so wie Julia, sie entdecken früh, daß Mädchen sie sexuell mehr interessieren als Jungen, und sie stehen auch dazu. Andere verlieben sich erst in ein Mädchen, dann in Jungen, oder immer in Jungen, aber einmal in ein Mädchen. Du kannst heterosexuell sein, und trotzdem darf es auch einmal bei einer Frau knistern. Manche Frauen entdecken ihre Liebe zum eigenen Geschlecht auch später als Julia. Sie leben vorher in heterosexuellen Beziehungen, manche haben Kinder.

Wo sind sie, die lesbischen Frauen?

Es ist kein Wunder, daß Maxie meint, keine Lesbe zu kennen. Denn lesbische Paare fallen weniger auf als Schwule. Das hat viele Gründe. Der wichtigste ist sicher, daß sie einfach weniger beachtet, nicht ernst genommen werden. Manche Leute glauben, Lesbischsein sei nur eine vorübergehende Phase, Lesben fehle nur ein richtiger Mann, sie seien einfach häßlich und müßten deswegen auf Frauen zurückgreifen. Alles dummes Zeug! Auch heterosexuelle Frauen werden in unserer Gesellschaft nicht so ernst genommen wie Männer. Dazu kommt, daß Zärtlichkeiten auch zwischen heterosexuellen Frauen einfach üblicher sind als zwischen Männern. Lesben werden also nicht so leicht erkannt.

Was ist anders?

Was unterscheidet nun die lesbische Liebe von heterosexuellen Beziehungen? Lesben verlieben sich und lieben, sie haben Sex miteinander, kennen Eifersucht, Trennungen, Treue und Untreue. Genau wie heterosexuelle Paare auch. Und trotzdem sind lesbische Beziehungen besonders, weil die Partnerinnen einander ähnlicher sind als Frau und Mann.

Männer verdienen immer noch mehr als Frauen, sie haben angesehenere Berufe und mehr Einfluß. Frauen bekommen die Kinder und betreuen sie üblicherweise auch. In vielen heterosexuellen Beziehungen stellt das bereits Weichen. Die Wahrscheinlichkeit für eine derartige Rollenverteilung ist in lesbischen Beziehungen geringer. Beide sind Frauen. Natürlich heißt das nicht, daß beide kein Geld und keinen Einfluß haben *müssen*.

Weil die Partnerinnen durch ihr Geschlecht mehr Gemeinsamkeiten haben, zeichnen sich viele lesbische Beziehungen durch mehr Verständnis füreinander und größere Nähe aus. Gemeinsam haben lesbische Frauen auch ihre Erfahrungen als Lesbe in einer Welt, die heterosexuell orientiert ist. Das alles verbindet, hat aber auch eine Kehrseite: Mehr Nähe bedeutet auch stärkere

Abhängigkeit. Wer die andere gut zu kennen glaubt, erwartet auch, selbst sehr gut verstanden zu werden – womöglich ohne Worte. Die hohen Erwartungen an Verständnis, Zärtlichkeit und Liebe können das größte Problem einer lesbischen Liebe sein. Die Partnerinnen können sich leicht überfordert fühlen. Denn alle Menschen sind verschieden, auch wenn sie das gleiche Geschlecht haben.

Diese Unterschiede bringen die Schwierigkeiten in die Liebe, die Herausforderung und den Reiz: Gegensätze!

Gegensätze ziehen sich an

Maxie und Philipp stehen dicht nebeneinander und springen bei jedem Korbwurf begeistert in die Luft. Die Stimmung in der Halle ist gut, die Heimmannschaft gewinnt. Basketball! Maxie wäre ohne Philipp nie zu diesem Spiel gegangen. Aber es gefällt ihr. Sie hat keine Ahnung von den Regeln, aber das macht offenbar nichts. Das Mädchen links neben ihr scheint auch nicht mehr zu begreifen. Am meisten ist Maxie von Philipp beeindruckt. Bisher hat sie ihn für einen ruhigen, eher zurückhaltenden Typen gehalten. Aber heute ist er anders. Er umarmt sie stürmisch bei jedem Punkt für seine Mannschaft; allerdings hat Maxie das Gefühl, er würde in diesen Momenten jede umarmen.

Philipp ist manchmal rätselhaft anders als sie. Ihr liegt das Herz auf der Zunge. Wenn sie sich sehen, muß sie ihm erst mal erzählen, was sie in den ganzen Tagen erlebt hat. Er sieht sie dann einfach nur an und hört ihr zu, als wäre er von ihr ebenso fasziniert wie sie von ihm. Manchmal fragt sie sich, was er wohl gerade denkt. Er kann sich mit Leonie unterhalten – über Pferde und die Schule. Nie hätte Maxie gedacht, daß sich jemand so lange die Geschichten ihrer kleinen Schwester anhören könnte. Sie mag das an ihm. Sie mag diese freundliche, konzentrierte Art, mit der er anderen zuhört, sie mag diese Begeisterungsanfälle, sie mag, daß er ganz anders ist als andere Jungs.

Trotz vieler Gemeinsamkeiten fällt Maxie immer wieder auf, wie unterschiedlich sie und Philipp sind. Wenn sie ehrlich ist, ist es

genau dieses andere an ihm, das sie verliebt macht. Sie lernt durch ihn eine neue Welt kennen; nicht nur Basketballspiele, zu denen sie vorher nie gegangen ist, und neue Freunde, auch eine andere Art, mit Menschen umzugehen und mit eigenen Gefühlen.

Gegensätze ziehen sich an. Nicht das gleiche, das andere reizt uns an der Liebe. Diese Anziehung beginnt beim andern Körper. Ein männlicher Körper ist für die meisten Mädchen ebenso unbekannt und reizvoll wie ein weiblicher Körper für Jungen. Neugier, diesen anderen Körper zu betrachten, zu berühren, zu erforschen und Lust darauf, von ihm berührt zu werden, machen das Verliebtsein aus. Ohne diesen Reiz am anderen wären Liebe und Sexualität kaum vorstellbar.

Eine neue Welt

Wenn wir verliebt sind, fasziniert uns aber meist weit mehr als der Körper eines anderen Menschen. Maxie fühlt sich von Philipps Temperament angezogen, das anders ist als ihr eigenes.

Wer selbst völlig unmusikalisch ist, kann beeindruckt davon sein, daß der Geliebte klassische Musik hört und Klavier spielt. Wer keine Geschwister hat, ist vielleicht begeistert von dem Trubel in der Großfamilie des Liebsten. Ein unterschiedliches Temperament, besondere Fähigkeiten und Talente, ein anderer Humor, Freunde, Gewohnheiten, Hobbys, Familie, Umfeld – all das kann uns an einem Menschen reizen, wenn es anders, neu und für uns unbekannt ist.

Genau wie Maxie es erlebt, kann das der Schritt in eine andere Welt sein. Vielleicht begleiten wir ihn am Anfang nur ins Konzert, weil wir in seiner Nähe sein wollen. Wenn es uns gefällt, haben wir für unser eigenes Leben etwas dazugewonnen. Wer daran gewöhnt ist, Sonntage zu verschlafen, kann durch eine Liebesbeziehung zu einem Frühaufsteher werden und auch einmal einen Morgenspaziergang durch die verschlafene Stadt machen; der Frühaufsteher kann einmal ein ausgedehntes Frühstück im Bett genießen. Aus besonderen Fähigkeiten des Partners kannst du etwas Neues lernen, du mußt aber nicht. Maxies Temperament wird sich wahrscheinlich nicht durch die Beziehung zu Philipp ändern. Vielleicht wird sie aber künftig stillere, unauffälligere Menschen mehr beachten, weil sie die Fähigkeit zuzuhören schätzengelernt hat. Nie sind wir so sehr bereit, Neues kennenzulernen und auszuprobieren, wie dann, wenn wir verliebt sind. Und meistens macht es Spaß.

Mut zur Veränderung

Die Liebe ist ein Ansporn zur Veränderung. Es ist deshalb gut, daß sich Gegensätze anziehen. Denn würden wir uns immer in Menschen verlieben, die uns ähnlich sind, wäre das Leben und die Welt ganz schön langweilig.

Natürlich sind Gegensätze auch häufige Streitpunkte. Ordnung und Chaos, Einzelgänger und Partylöwin, da muß es ab und zu zum Streit kommen. Es gibt viele Paare, die auf den ersten

Blick sehr gegensätzlich wirken. Am deutlichsten werden uns die Gegensätze jedoch, wenn zwei Menschen aus verschiedenen Kulturkreisen kommen. Welche Gegensätze das sein können und wie sie die Liebe beeinflussen, zeigt die Geschichte von Maxies Freundin Leyla.

Verschiedene Kulturen

Leyla ist verliebt. Richtig verliebt, die Schwärmerei für den Lehrer ist vergessen. Es ist Leyla fast ein bißchen peinlich, wenn sie daran zurückdenkt. Jetzt zählt nur noch Alex. Er ist so süß! Maxie hält ihn für einen Angeber, aber Maxie und ihre Softies ... Alex geht auf dieselbe Schule wie Maxie, Julia und Leyla, ist aber ein Jahr älter. Sie hätte nie gedacht, daß sie ihm aufgefallen wäre, aber seit der Party bei Sven sind sie zusammen.

Für Leyla ist alles etwas schwieriger als für Maxie. Sie hat ihren Eltern bisher noch nichts von Alex erzählt. Sie weiß, daß sie es zumindest nicht gern sehen würden, daß sie einen Freund hat. Vielleicht würde ihre Mutter ihr sogar verbieten, Alex zu sehen. Ihrer Cousine ist das neulich passiert. Leylas Vater ist Deutscher, ihre Mutter kommt aus der Türkei. Leyla ist in Deutschland aufgewachsen. Sie verbringen immer die Sommerferien in der Türkei und besuchen Leylas Großeltern. Einige Verwandte leben aber auch in Deutschland. Eigentlich sind Leylas Eltern nicht so streng. Ihre Mutter hat moderne Ansichten, es ist ihr aber wichtig, was die Familie über sie denkt. Leylas Vater meint zwar manchmal, daß seine Frau es mit ihrer Sorge um ihren guten Ruf etwas übertreibt. Er mischt sich aber möglichst wenig ein. Der für ihn typischste Satz lautet «Frag deine Mutter!».

Alex ist ihm in dieser Hinsicht wohl ein bißchen ähnlich: «Du mußt entscheiden, wann du es ihnen erzählst. Wenn wir zusammensein wollen, können wir uns ja bei mir zu Hause treffen.» Eigentlich hatte sich Leyla eine klarere Stellungnahme erhofft. Maxie ist zum Glück anders: «Willst du denn deinen Freund immer geheimhalten? Wenn sie es verbieten, kannst du dich ja immer noch heimlich mit Alex treffen. Aber

dann weißt du wenigstens, woran du bist.» «Klingt logisch, vielleicht teste ich erst mal vorsichtig an und liefere ihnen dann nach und nach mehr Informationen.»

Maxies Vorschlag ist vernünftig, denn Leyla weiß nicht genau, wie ihre Eltern wirklich reagieren werden. Wie auch bei ihrer Cousine kommt es in manchen Familien aber vor, daß Mädchen verboten wird, einen Freund zu haben. Für Mädchen, die in Deutschland aufgewachsen sind, deutsche Freundinnen haben, ist es sehr schwierig, mit solchen Verboten umzugehen. Sich immer heimlich treffen zu müssen ist natürlich sehr belastend, andererseits ist es auch schlimm, auf den Freund zu verzichten und im Kreis der Freundinnen eine Außenseiterin zu sein.

Fremde Sprache, fremde Werte

Leyla steht erst am Anfang möglicher Konflikte mit ihrer Familie und mit Alex. Wenn die Familie ihr den Freund erlaubt, wie gehen sie dann mit dem Thema Sex um? Wäre es Leyla so wie Maxie möglich, mit ihrer Mutter über Verhütung zu reden? Im islamischen Kulturkreis hat beispielsweise Jungfräulichkeit einen hohen Stellenwert. Jungfräulich in die Ehe zu gehen war übrigens auch in Mitteleuropa noch bis vor einigen Jahrzehnten ein moralisches «Muß». Leyla wird sich damit auseinandersetzen müssen, wie sie selbst darüber denkt und wie ihre Familie darüber denkt. Vielleicht wird sie sich auch mit Alex auseinandersetzen müssen, der wenig Verständnis für dieses Problem aufbringen könnte.

Leyla und Alex sind beide in Deutschland aufgewachsen. Sie leben in derselben Stadt, sprechen die gleiche Sprache, gehen zur gleichen Schule. Sie sind sich im Grunde noch sehr ähnlich. Aber Leylas Familie mit ihrer Geschichte, ihrer Tradition und Religion unterscheidet sich von seiner Familie und könnte Anlaß für gegenseitiges Unverständnis und Streit sein.

Wenn sich zwei Menschen verlieben, die stärker in ihrer jeweiligen Kultur verwurzelt sind als Leyla in der türkisch-islamischen, ist das für beide eine große Herausforderung. Der Umgang mit Körper und Sexualität, die Rolle der Frau, die Rolle des Mannes, Werte, Glaube – all das, was uns bisher als selbstverständlich und normal erschien, kann plötzlich in Frage gestellt werden. Es können Kleinigkeiten sein, über die wir stolpern oder einfach nur erstaunt sind: Unter Pünktlichkeit versteht er offenbar etwas anderes als sie, sie lacht über seine Mülltrennung, er findet ihre Sparsamkeit süß.

Reiz und Hürde

Das Fremde, Unbekannte, eben das Gegensätzliche macht einerseits den großen Reiz einer solchen Beziehung aus und gleichzeitig die größte Schwierigkeit. Unsere eigenen Wertvorstellungen werden uns bewußter, denn über Moral und Werte denken wir meist nur nach, wenn wir einer anderen Moral begegnen. Wir haben in einer solchen Beziehung häufiger Gelegenheit, unsere eigenen Vorstellungen zu überdenken und zu ändern. Es werden aber immer viele Dinge übrigbleiben, die wir am Partner nicht verstehen oder nicht akzeptieren wollen. Aber auch wenn auf den ersten Blick die Unterschiede überwiegen, kann es viele Gemeinsamkeiten geben. Vielleicht ist es deshalb in diesen Partnerschaften noch wichtiger, daß beide über diese Themen reden, sich gleichermaßen verändern und Gemeinsames entdecken.

Ein bißchen gleich und ein bißchen anders

Jetzt ist plötzlich beides wichtig: Gemeinsamkeiten und Gegensätze. Heißt das, wenn zwei viele Gemeinsamkeiten haben, kann es mit ihnen gutgehen, und wenn sie sehr verschieden sind, kann es auch klappen?

Die größten Chancen gibt es sicherlich, wenn genug Unterschiede und gleichzeitig genug Ähnlichkeiten da sind. Die Gegensätze fordern uns heraus, machen uns neugierig auf den Partner, die Gemeinsamkeiten geben uns das Gefühl, verstanden zu werden, geborgen zu sein und zusammenzugehören. In manchen Beziehungen überwiegen die Gemeinsamkeiten, in andern die Gegensätze. Für die eine ist das Gefühl der Geborgenheit das Wichtigste, die andere möchte vor allem lernen, sich weiterentwickeln und verändern. Die erste bekommt dies vermutlich eher von einem Partner, der ihr ähnlich ist, die zweite wird eher mit einem gegensätzlichen Partner glücklich. Die meisten Menschen wünschen sich aber sowohl das eine als auch das andere: Sicherheit und Veränderung. Beides sind Grundbedürfnisse jedes Menschen, und deshalb sind Gegensätze und Gemeinsamkeiten für eine Liebesbeziehung gleichermaßen wichtig.

Auf die Inhalte kommt es an

Wichtiger als die Anzahl von Unterschieden und Gemeinsamkeiten ist, in welchen Punkten Partner gleich oder verschieden sind. Eine emanzipierte Frau, die Putzen und Kochen haßt, wird wahrscheinlich nicht glücklich mit einem Mann, der das für «Frauenarbeiten» hält. Dieser Unterschied zieht sie nicht an, sondern stößt sie ab. Ein Junge kann zur gleichen Schule gehen, in der gleichen Straße wohnen und die gleiche Fernsehserie mögen wie ein Mädchen. Diese Gemeinsamkeiten spielen nur dann eine Rolle, wenn das alles für beide wichtig ist, und sie sich über Lehrer, Nachbarn oder die letzten Serienereignisse unterhalten mögen.

Gegensätze und Gemeinsamkeiten haben eine Kehrseite, die wir meist erst dann wahrnehmen, wenn es in einer Beziehung kriselt. Der Gegensatz, der uns so lange fasziniert hat, nervt plötzlich. Wir fühlen uns unverstanden. Die Gemeinsamkeiten, mit denen wir uns so wohl gefühlt haben, langweilen irgendwann. Manche versuchen dann, diesen Zug am Partner zu ändern, ihn aufzufordern, endlich mal etwas Neues zu machen oder das nervige Verhalten abzustellen. Das ist natürlich sehr schwierig, denn warum sollte er etwas ändern, was bis vor kurzem noch so gut ankam? Besser ist es, selbst etwas anders zu machen. Es kann schon reichen, statt der langweilig gewordenen Gemeinsamkeiten mal wieder nach reizvollen Gegensätzen am Partner zu suchen oder Gemeinsamkeiten zu finden, wenn die Gegensätze nerven. Natürlich ist das kein Wundermittel, wenn ihr euch gar nicht mehr versteht. Aber einen Versuch ist es wert.

So weit ist es ja noch gar nicht. Es kriselt noch nicht zwischen Maxie und Philipp. Sie sind frisch verliebt und seit einiger Zeit zusammen. Was heißt das eigentlich, wie gehen sie miteinander um, und was hat sich in ihrem Leben verändert?

Endlich zusammen

Mit einem Freund wird alles anders – oder doch nicht? Wer noch nie eine Liebesbeziehung hatte, wünscht sich oft nichts mehr als das. «Wo könnte ich ihn treffen, wie kann ich ihn ansprechen, wie kann ich ihn verliebt machen, wann werde ich ihm endlich begegnen?» Diese und ähnliche Fragen bewegen diejenigen, die die erste Liebe noch vor sich haben. Selten denken wir darüber hinaus. «Danach, danach wird einfach alles gut sein. Alles wird anders und viel schöner.»

So ist es leider nur im Märchen. Und Märchen hören an dieser Stelle auf. Der Prinz küßt die Prinzessin, und sie lebten glücklich bis an ihr Lebensende. *Wie* sie glücklich miteinander lebten, erfahren wir nicht. Sind sie ab und zu ins Kino gegangen? Hatten sie jeden Tag Sex? Haben sie zusammen gefrühstückt, oder durfte jeder ausschlafen? Wie sah denn der glückliche Alltag aus?

Unsere Probleme beginnen sogar schon früher. Die meisten Mädchen haben weder Schloß noch eigene Wohnung, in den sie den Prinzen ihres Herzens entführen könnten. Sie leben nicht glücklich zusammen, sondern jeder lebt glücklich weiter in der eigenen Familie. Wie sind sie dann glücklich zusammen? Und vor allem wo?

Und schließlich: Wenn es keine Prinzen gibt, die die Prinzessin aufs Pferd heben, woran kann ein Mädchen dann erkennen, daß sie mit einem Jungen zusammen ist? Beim ersten Kuß oder beim ersten Nachmittagskaffee bei seinen Eltern? Woran erkennt denn Maxie, daß sie mit Philipp zusammen ist?

Sind wir zusammen?

Maxie und Philipp sind seit vier Wochen zusammen. Nachdem sie sich zum ersten Mal am See gesehen hatten, war Maxie öfter mit Julia, Leyla und anderen Freundinnen am See. Philipp war fast immer auch dort. Wie bei ihrer ersten Begegnung alberten sie anfangs ab und zu ein bißchen im Wasser herum. Irgendwann saßen sie dann abseits von den anderen am Ufer, unterhielten sich, ließen sich von Mücken zerstechen und sahen einander lange in die Augen. «Bist du morgen wieder hier?» hatte Philipp zum Schluß gefragt. Für Maxie war das der Anfang. Am nächsten Tag hatte sie Herzklopfen vor Aufregung. Ob er überhaupt kommen würde? Er war da, aber natürlich mit seinen Freunden. Genauso wie Maxie ihre quengelige, kleine Schwester Leonie und ihre Freundin dabei hatte. Als Leonie und Julia im Wasser waren, kam er einfach zu ihr rüber. Leonie war später etwas verblüfft über den fremden Jungen auf ihrer Decke, Julia weniger. Aber dann plapperte Leonie mindestens eine Stunde auf ihn ein. Auch weil er ihr ein bißchen leid tat, fragte Maxie ihn schließlich, ob sie nicht morgen zusammen aufs Stadtteilfest gehen könnten – ohne Freunde. Vom Fest bekamen sie dann allerdings nicht viel mit – sie waren zu sehr mit sich selbst beschäftigt. Seitdem sehen sie sich regelmäßig, unternehmen etwas, fahren gemeinsam zum See, treffen sich bei Maxie oder Philipp zu Hause, reden, schmusen und mehr. Maxie ist verliebt, kann ihre Verabredungen kaum erwarten, und Philipp wirkt auch verliebt. Es ist klar, daß sie zusammen sind.

Bei Maxie klingt das alles sehr romantisch und sehr einfach. Allerdings gab es keinen eindeutigen Beginn, an dem einer von beiden gesagt hätte «Ab jetzt sind wir ein Liebespaar» oder ähnliches. Der romantische Abend am Badesee ist für Maxie der Anfang, weil es so schön war, weil sie gemerkt hat, daß ihr seine hellen Augen gefallen, und weil er ihr mit seiner Frage gezeigt hat, daß es ihm auch gefallen hat. Für Philipp hat es vielleicht schon früher begonnen oder später. Sie hat ihn noch gar nicht danach gefragt. Ohne seine Frage am Ende des Abends hätte es vielleicht noch etwas länger gedauert, und es wäre für Maxie nicht der Anfang gewesen.

Beide waren an entscheidenden Punkten ihres Kennenlernens mutig – ein bißchen. Maxie mit ihrer übermütigen, aber unverbindlichen Wettschwimm-Anmache, Philipp mit seiner Frage, ob sie morgen wieder am See sei, und Maxie mit ihrer Verabredung für den nächsten Tag. Maxie hätte leicht abspringen können, indem sie am nächsten Tag nicht mehr zum See gegangen wäre, Philipp hätte sich nicht zu ihr zu setzen brauchen. Seine Freunde waren ja da, und die Verabredung mit Maxie war nur sehr vage. Es war eine vorsichtige Annäherung, und deshalb gibt es keinen klaren Beginn.

Unsicherheit am Anfang

Natürlich kann es schneller gehen als bei Maxie und Philipp, oder es kann länger dauern. Die erste Phase ist aber normalerweise für beide sehr unsicher. So kann Maxie zwar sagen, daß sie mit Philipp seit dem ersten Abend am See zusammen ist. Am Tag nach diesem Abend hätte sie das aber wahrscheinlich noch nicht so genannt. Das Gefühl «wir sind zusammen» entstand erst später. Wäre er am See nicht zu ihr herübergekommen, hätte sie sich vermutlich die Frage gestellt, ob er überhaupt wollte, daß sie kommt, oder ob es ihm vor seinen Freunden peinlich ist, mit ihr «halb» verabredet zu sei. Hätte sie danach nicht erneut die Initiative ergriffen, wäre es für beide vielleicht noch eine Weile bei der Badeseeverliebtheit geblieben, und sie hätten nicht gewußt, woran sie beim anderen sind. Ein Stück Unsicherheit am Anfang gehört aber dazu, weil dadurch beide noch die Möglichkeit haben, sich gegen den anderen zu entscheiden, wenn sie sich ein bißchen besser kennengelernt haben. Wir wissen in dieser Phase einfach oft noch nicht, was wir voneinander wollen.

«Zusammensein» passiert also nicht von heute auf morgen.

Um uns sicherer zu werden, was wir selbst wollen und wie der Geliebte zu uns steht, sammeln wir nach und nach Informationen. Die erste Information, die wir gewöhnlich erhalten, ist ein gegenseitiges Interesse, sich besser kennenzulernen: eine Verabredung.

Verabredungen und Pläne

Seit ihrer ersten Verabredung sehen sich Maxie und Philipp mindestens zwei- oder dreimal in der Woche. Anfangs haben sie sich immer etwas vorgenommen: Kino, Baden oder einfach nur spazierengehen. Inzwischen bleiben sie auch öfter zusammen zu Hause, oder Maxie geht abends noch mal bei Philipp vorbei, weil sie ihn ganz plötzlich unbedingt sehen muß.

Im Januar hat Philipp Geburtstag. Sie planen seine Party zusammen. Selbstverständlich gehen sie davon aus, daß Maxie dabeisein wird, daß sie dann noch zusammen sind. Maxie kennt noch nicht alle Leute, die er einladen wird, aber die meisten seiner Freunde, so überlegen sie, wird sie bis dahin einmal treffen. Am Sonnabend findet ja das große Basketball-Turnier statt. Fast alle werden dasein.

Jetzt ist es kalt, aber vielleicht ist es Ostern warm genug, um mit ein paar Freunden zu zelten. Vielleicht in den Ferien? Maxie ist sich zwar nicht sicher, ob ihre Eltern das erlauben, aber sie freut sich trotzdem schon darauf.

Verabredungen gehören dazu. Ohne eine erste Verabredung kann keine Beziehung entstehen. Als Maxie sich mit Philipp zum ersten Mal verabredet hat, hat sie ihm damit zu verstehen gegeben: «Ich möchte dich gern näher kennenlernen, mich mit dir unterhalten, meine Zeit mit dir verbringen.» Am Anfang einer Beziehung müssen wir also irgendwann den Sprung wagen, uns allein mit dem Auserwählten zu treffen. Das kann mit gemischten Gefühlen verbunden sein. Einerseits freuen wir uns darauf, endlich einmal mit ihm allein zu sein, andererseits fürchten wir vielleicht, daß uns nichts einfällt, worüber wir mit ihm reden könnten. Maxie und Philipp haben dieses Problem geschickt gelöst. Ihre Verabredungen waren mit Aktivitäten verbunden. Sie haben einfach Dinge miteinander unternommen, die sie sonst mit Freunden tun, bei denen sie nicht unbedingt viel reden müssen.

Es ist eine gute Idee, sich für die erste Verabredung etwas vorzunehmen, was dem anderen wahrscheinlich gefällt. Wenn du schon weißt, welche Musik er mag, verabrede dich für ein Konzert. Wenn du ihn beim Sport kennengelernt hast, schlag ihm ein Squash-Spiel oder etwas Ähnliches vor. Die meisten Leute gehen gern ins Kino, und welche Filme jemand mag, läßt sich leicht erfragen.

Pläne für die Zukunft

Eine Verabredung ist ein Plan für die nähere Zukunft. Eine Beziehung läßt sich auch daran erkennen, inwieweit zwei Menschen miteinander ihre Zukunft planen. Solche Pläne können sehr unverbindlich und eher Phantasien sein. Mit einer besonders guten Freundin überlegen wir vielleicht, wie es wäre, später zusammenzuziehen. Maxie und Philipp planen miteinander nicht für die nächsten Jahre, aber für die kommenden Monate. Damit sagen sie einander indirekt, daß sie zu diesem Zeitpunkt noch zusammensein möchten.

Ihren gemeinsamen Alltag planen Maxie und Philipp nicht mehr so stark, der andere gehört selbstverständlicher dazu. Sie müssen sich nicht mehr unbedingt für den nächsten Tag verabreden. Weil sie sich jetzt schon besser kennen, können sie spontaner miteinander sein, einfach beim anderen vorbeigehen, wenn sie Lust dazu haben. Das ist einerseits sehr schön, andererseits kann es auch sein, daß Maxie erwartet, Philipp müsse vorbeikommen, und sie sich ärgert, wenn er nicht anruft. Natürlich ist auch die Gefahr größer, sich einmal miteinander zu langweilen.

Ob zwei zusammen sind, macht sich also daran fest, daß sie ihre Zeit miteinander verbringen und daß sie gemeinsame Pläne machen. Anfangs, besonders wenn die beiden sehr verliebt sind, ist ihre Umwelt davon vielleicht völlig ausgeschlossen. Aber irgendwann soll der Liebste auch die anderen Menschen kennenlernen, die in unserem Leben wichtig sind.

«Das ist mein Freund!»

Maxies Eltern wurden gleich nach dem Treffen am See von Leonie informiert: «Maxie hat einen Freund. Er heißt Philipp, und er hatte mal einen eigenen Hund!» Maxies unfeines «Halt die Klappe!» half natürlich nichts mehr. Ihre Mutter nahm diese Neuigkeit relativ gelassen auf, Paul sowieso. Allerdings hatte Maxie das Gefühl, daß ihre Mutter in Wirklichkeit neugieriger auf Philipp war, als sie zugeben mochte. Jetzt ist sie freundlich zu ihm wie zu Maxies Freundinnen auch. Er gefällt ihr. Nicht daß Maxie auf Philipp verzichten würde, wenn ihre Mutter etwas gegen ihn hätte. Aber so ist alles doch einfacher.

Etwas schwieriger ist es mit den Freunden. Julia findet ihn ganz okay, wie sie Maxie versicherte. Leyla hat höhere Ansprüche an den Freund ihrer besten Freundin. «Er sieht ja ganz süß aus, aber kann er auch sprechen?» lästerte sie. Allmählich fangen Julia und Leyla auch an zu mau-

len, wenn sie nach dem Sport gleich nach Hause will, weil sie noch mit Philipp verabredet ist.

Philipps Freunde kennt Maxie noch nicht so gut. Sein bester Freund Sven ist mit einem Mädchen aus Maxies Klasse zusammen. Aber Maxie findet es ganz schön schwierig, den neuen Freund und alte Freundschaften unter einen Hut zu bringen.

Nachdem Maxie und Philipp sich etwas kennengelernt haben, sich verabredet haben, am See und auf Philipps Hochbett herumgeschmust haben, sind sie sich ziemlich sicher, Freund und Freundin zu sein. Und jetzt? Maxies Leben hat sich nicht völlig verändert. Sie geht weiter zur Schule, hat immer noch manchmal Ärger mit ihrer Mutter und ist weiter mit Leyla und Julia befreundet. Aber mit Philipp ist eine neue, wichtige Beziehung dazugekommen. Wie bei allen wichtigen Ereignissen und Veränderungen möchte sie, daß ihre Freundinnen und ihre Familie erfahren, was mit ihr passiert ist. Sie möchte, daß Philipp ihr Leben kennenlernt, ihr Zuhause, ihre Eltern, ihre Freunde. Und sie möchte sein Leben kennenlernen.

Wir gehören zusammen

Am Anfang wollen wir oft den Geliebten ganz für uns haben, ihn möglichst nicht mit anderen teilen, auch nicht mit den eigenen Freunden. Aber irgendwann taucht doch das Bedürfnis auf, ihn stärker am eigenen Leben teilhaben zu lassen und den anderen zu zeigen: Das ist er! Wir gehören zusammen! An diesem Schritt erkennen nicht nur die andern, daß ihr ein Paar seid. Es wird euch auch selber stärker bewußt.

Im besten Fall sind alle voneinander angetan. Manche Mädchen lernen ihren Freund auch über Freundinnen oder deren Freunde kennen. Dann gibt es vermutlich weniger Schwierigkeiten. Aber was, wenn sie einander nicht leiden können? Wenn er die beste Freundin furchtbar findet und seine Freunde schrecklich sind? Vielleicht überlegen wir dann schon, ob er wirklich zu uns paßt. Schließlich sagen seine Freunde auch etwas über ihn aus. Aber keine Panik! Wenn er nett ist, sind seine Freunde es mit großer Wahrscheinlichkeit auch. Häufig kommt es vor, daß wir im Überschwang des Liebesglücks alte Freundschaften vernachlässigen. Die meisten Freundinnen reagieren auch etwas sauer, wenn

sie dich künftig nur noch mit «Anhang» sehen können, auch wenn der noch so nett ist. Es ist wichtig, nach der allerersten Anfangsverliebtheit darauf zu achten, daß auch noch genug Zeit für Freundinnen bleibt.

Was sagen die Eltern?

Anders als mit Freunden ist es mit der Familie: Seine Familie kann man sich nicht aussuchen. Andererseits ist die Zustimmung der Familie für die meisten zwar schön, aber nicht lebensnotwendig. Schwierig wird es dann, wenn Eltern einem Mädchen den Freund verbieten, sei es, weil sie sie für zu jung halten oder weil ihnen gerade dieser Junge nicht paßt. Eltern, die zu einer so drastischen Maßnahme greifen, lassen leider oft nur schwer mit sich reden. Versuch es trotzdem! Wahrscheinlich machen sie sich einfach große Sorgen, du könntest ausgenutzt oder schwanger werden oder die Schule nicht schaffen. Vielleicht kannst du ihre Bedenken zerstreuen. Wenn du selbst bei ihnen nicht weiterkommst, gibt es vielleicht einen anderen verständnisvollen Verwandten, den du um Unterstützung bitten kannst. Einem Erwachsenen hören sie vielleicht eher zu. Bevor du ihr Verbot übertrittst, solltest du dir klarmachen, welche Konsequenzen das haben könnte. Würden deine Eltern mit den Achseln zucken und nachgeben, Rat bei anderen Erwachsenen suchen, oder hättest du mit Hausarrest, Liebesentzug oder gar Schlägen zu rechnen? Wenn du eine der letzten Konsequenzen für wahrscheinlich hältst, deinen Freund aber nicht aufgeben willst, kann es hilfreich sein, andere Erwachsene ins Vertrauen zu ziehen oder eine Beratungsstelle aufzusuchen.

Wenn der Freund ein Mädchen ist

Für lesbische Mädchen gibt es ein besonderes Problem, ihre Beziehung zu «veröffentlichen». Die meisten Menschen leben in heterosexuellen Beziehungen, Heterosexualität gilt als normal. Eltern wünschen zwar eine glückliche Partnerschaft für ihre

Tochter, sie denken dabei aber meist an eine Beziehung mit einem Mann. Für viele Eltern kann es deshalb ein Schock sein, wenn ihnen die Tochter mitteilt, lesbisch zu sein. Freundinnen reagieren vielleicht verständnisvoller, vielleicht ziehen sie sich aber auch zurück. Das Risiko, auf Ablehnung zu stoßen, ist für lesbische Paare viel größer. Genau wie für heterosexuelle Mädchen gilt auch für lesbische, daß die «Veröffentlichung» der Beziehung sie in ihrer Gewißheit bestätigt, sie auch wirklich zu wollen. Heterosexuelle Menschen denken oft gar nicht darüber nach, daß sie etwas über ihre sexuelle Orientierung verraten, wenn sie anderen ihren Partner vorstellen. Homosexuellen Mädchen ist das viel bewußter, deshalb ist dieser Schritt für sie schwieriger. Er sagt mehr über sie aus, er sagt, daß sie anders sind als die meisten. Wann ein Mädchen sich stark genug fühlt, offen zu ihrem Lesbischsein zu stehen, entscheidet sie selbst. Für die Partnerin kann es aber schwer zu ertragen sein, wenn sie vor Freunden und Familie versteckt wird.

Der Alltag verändert sich also durch eine Liebesbeziehung, wir verändern uns selbst, aber es wird nicht alles anders. Verabredungen, gemeinsame Pläne und das Offenlegen der Beziehung gehören zum Gefühl zusammenzusein. Wir machen das, was wir vorher mit Freundinnen oder allein gemacht haben, jetzt auch mit dem Freund. Anderes, was zu seinem Leben gehört, ist neu für uns.

Und dann ist da schließlich noch Sex. Ohne Sexualität würden wir uns erst gar nicht verlieben, und der Liebste wäre ein Freund wie andere auch. Zwei, die zusammen sind, haben Sex miteinander. Das beginnt schon mit dem ersten Kuß und der ersten Berührung.

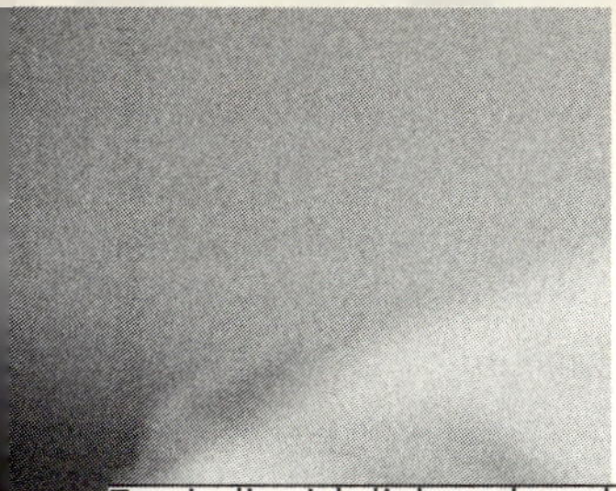

[Sex]

Zwei, die sich lieben, begehren sich auch körperlich. Sie möchten sich berühren und einander spüren, ihre Liebe zueinander nicht nur mit Worten, sondern auch körperlich ausdrücken. Sexuelle Anziehung ist sehr umfassend und bedeutet nicht unbedingt, mit dem Geliebten Geschlechtsverkehr haben zu wollen, sondern kann ganz unterschiedlich aussehen: zärtliche Küsse, endlose Umarmungen oder eben auch leidenschaftlicher Sex. Wie wir Sexualität leben und erleben, hängt von unterschiedlichen Faktoren ab: den bisherigen guten und schlechten Erfahrungen mit Sexualität, den Vorstellungen von Liebe, den Gefühlen zum Partner, den Einflüssen der Eltern und der Kultur, in der wir aufgewachsen sind, und noch von vielem mehr. Eine wesentliche Rolle spielen aber auch die Vorurteile über weibliche und männliche Sexualität, die wir überall mehr oder weniger deutlich vermittelt bekommen. In diesem Kapitel geht es um verschiedene Formen und Sichtweisen von Sex, um Spaß am Sex und die Schwierigkeiten, die es dabei geben kann.

Sex ist mehr

Leonie kommt zu Maxie ins Zimmer: «Spielst du mit mir Traumhochzeit mit Barbie und Ken?» «Du siehst doch, daß Julia da ist und ich keine Zeit habe.» Maxie ist langsam genervt von den ewigen Hochzeit-Spielen. «Ich finde deine kleine Schwester süß!» flüstert Julia ihr ins Ohr. Und laut sagt sie: «Okay, wir spielen ein bißchen mit.» Leonie strahlt und erklärt gleich die Spielregeln: «Maxie, du bist Ken, ich bin Barbie, und Julia ist der Pfarrer ...» Leonie läßt aber auch nichts aus: Erst muß die Braut sich für die Hochzeit anziehen und schminken, dann geht's in die Kirche, und am Schluß liegt sie mit Ken im Bett. «Jetzt bumsen sie, und dann kriegt Barbie ein Kind», erklärt Leonie. Maxie und Julia werfen sich heimlich vielsagende Blicke zu. Als das Spiel endlich vorbei ist und Leonie sie alleine läßt, sind sie ziemlich erschöpft. «Jetzt weiß ich, was du meinst», sagt Julia, «die Geschichte ist ja haarsträubend!» «Immer dasselbe – dabei kann Sex so verschieden sein: Stell dir vor, Barbie hat gar nicht vor zu heiraten und hat dafür zwei Liebhaber!» «Oder sie geht mit einer Frau ins Bett!» «Vielleicht hat sie auch gar keine Beziehung und steht nur auf Selbstbefriedigung!» «Oder sie mag besonders gerne Oralsex ...» «Na ja, Leonie wird das schon noch irgendwann herausfinden, daß es auch anders geht als nur nach dem Schema heiraten, Sex und Kinder kriegen.»

Sex ist vielfältig und fängt nicht erst mit dem Geschlechtsverkehr an. Schon kleine Kinder haben sexuelle Empfindungen und entdecken spielerisch ihre Lust – mit sich allein oder bei Doktorspielen mit Gleichaltrigen. Unser ganzes Leben lang haben wir sexuelle Empfindungen, die sich unterschiedlich ausdrücken: Wir haben erotische Phantasien, erleben die Sinnlichkeit unseres Körpers auch in ganz alltäglichen Situationen. Wir haben liebevollen Körperkontakt mit anderen oder bereiten uns selber Lust durch Selbstbefriedigung. Sex kann in einer festen Partnerschaft stattfinden oder mit jemandem, den wir gerade kennengelernt haben. Frauen und Männer, Frauen und Frauen oder Männer und

Männer können miteinander Sex haben – zu zweit oder auch mit mehreren. Sex kann Geschlechtsverkehr sein oder gegenseitiges Streicheln, Küssen oder Lecken überall, wo's gefällt und erregt. Sex kann fünf Minuten dauern oder eine ganze Nacht. Sex kann zärtlich und sanft sein oder heftig und leidenschaftlich. Wie, wie oft und mit wem – das ist jeder und jedem selbst überlassen. Sex kann auch brutal und erniedrigend sein und gegen den Willen einer Person erzwungen werden. In diesem Fall trägt der Täter die volle Verantwortung für sein Verhalten – wer zum Sex gezwungen wurde, hat keine Schuld daran. Aber auch wenn beide Beteiligten miteinander Sex haben wollen, ist es nicht immer gleich schön und aufregend – Langeweile, Unsicherheit und Frust kommen auch vor. Zu manchen Zeiten im Leben kann Sex eine wichtige Rolle für uns spielen, manchmal hat er kaum eine Bedeutung. Wichtig ist, daß du auf deine Gefühle achtest, um herauszufinden, was dir im Moment angenehm ist.

Wieso eigentlich Sex?

Ebenso wie Sexualität sehr verschiedene Formen haben kann, gibt es auch verschiedene Gründe für Sex. Maxies Schwester Leonie glaubt, daß Menschen Sex haben, um Kinder zu bekommen. Das ist natürlich nur ein Grund von vielen. Sex haben wir aus Lust und Begehren und Geilheit. Um Liebe und Zuneigung auszudrücken, um mit einem Menschen zu kommunizieren, um einander zu spüren oder miteinander zu verschmelzen. Um Spaß zu haben, aus Neugier, um Geborgenheit und Nähe zu spüren. Wir können auch aus Gewohnheit Sex haben, um jemandem einen Gefallen zu tun oder um uns zu beweisen, um Erfahrungen zu sammeln. Problematisch sind Situationen, in die wir hineinrutschen, ohne es zu wollen. Vielleicht weil wir durch Alkohol oder andere Drogen nicht mehr klar denken können. Oder weil wir Angst haben: nicht geliebt und anerkannt zu werden oder vor Gewalt. Wenn du in eine Situation kommst, in der jemand dich zum Sex überreden oder zwingen will, hast du immer das Recht, ‹Nein› zu sagen! Die Gründe, Sex zu haben, sind für verschiedene Menschen unterschiedlich: Meist müssen mehrere zusammenkommen, manchen geht es mehr um Liebe, manchen mehr um Spaß.

Zärtlichkeit für die Mädchen – Lust für die Jungs?

Maxie stellt sich auf dem Schulhof zu den anderen Mädchen. «Die Jungs sind doch total bescheuert – die reden die ganze Zeit vom ‹ficken›, als wenn sie täglich Sex hätten und ihnen egal wäre, mit wem. Als ob das alles gar nichts mit Liebe zu tun hätte.» Wortfetzen aus der Gruppe Jungs in der anderen Ecke des Hofs sind bis zu ihnen zu hören: «Du mußt die Alte nur richtig rannehmen ...» und «... die hab ich flachgelegt ...» «Die scheinen's wirklich nötig zu haben – wahrscheinlich haben die mit der größten Klappe am wenigsten Erfahrung», vermutet Leyla. «Also, wenn die solche Vorstellungen von Sex haben, werden die wohl nie ein Mädchen finden, das mit ihnen zusammensein will.» «Mal einen Spruch finde ich noch ganz okay, aber die können von nichts anderem reden. Wenn wir das machen würden, würden uns gleich alle für Schlampen halten.» «Aber wenn wir nicht über Sex reden, sind wir gleich ‹zickig› oder ‹frigide›.»

Was wollen die Jungs?

«Jungen wollen nur das eine.» Wenn man Jungen in der Gruppe untereinander reden hört, scheint sich dieses alte Vorurteil zu bestätigen. Da geht es darum, Mädchen aufzureißen, zu ficken und sich einen runterzuholen. Es geht um Sex pur – Gefühle haben keinen Platz. Wer mithalten will, muß zeigen, daß er ein richtiger Mann ist und kein Waschlappen. Vielleicht ist das auch nur ein Klischee. Jungen sind verschieden: gefühlvoll oder angeberisch, unsicher oder cool. Meistens mal so, mal so. Jungen, die in der Gruppe eine große Klappe haben, können für sich alleine einfach nett sein. Trotzdem spukt wohl den meisten Jungen etwas davon im Kopf herum: die Vorstellung, womöglich kein richtiger Mann zu sein, wenn man Gefühle zeigt, und die Angst, sich vor den anderen Jungs zu blamieren, wenn man nicht mithalten kann mit coolen Sprüchen und Berichten, wie viele Mädchen man schon ‹rumgekriegt› hat. Jungs haben gelernt zu zeigen, daß sie cool und überlegen sind und die Situation im Griff haben. Besonders wenn es um Sex geht. Hinter der Fassade der großen Klappe sieht es oft ganz anders aus. Kann sein, daß ein Junge, der durch besonders coole Sprüche auffällt, noch gar keine Lust auf Sex hat. Kann sein, daß der, der scheinbar der Erfahrenste ist, gerne eine Freundin hätte, aber sich nicht an die Mädchen rantraut. Kann sein, daß ein zurückhaltender Junge gut mit Mädchen klarkommt, aber nicht in der Gruppe damit protzen möchte. Ob Jungs mit großer Klappe bei den Mädchen ankommen, hängt von den Mädchen ab: Manche Mädchen sind genervt oder fühlen sich beleidigt, anderen macht es nichts aus; einige antworten auf die gleiche Art, andere tun, als hätten sie nichts gehört. Oft sind Witze, Sprüche und gegenseitige Beschimpfungen eine Art, miteinander in Kontakt zu kommen, ohne sich gleich verdächtig zu machen – manchmal sind es aber auch Beleidigungen, die Mädchen sich nicht gefallen lassen müssen.

Sexy oder doch lieber anständig?

Wenn Jungs so viel von Sex reden, heißt das dann, daß sie mehr an Sex interessiert sind als Mädchen? Vielleicht. Vielleicht auch nicht – wer kann das schon sagen. Auch wenn alle Menschen bei der Geburt gleich wären, hätten sie später nicht alle gleich viel Lust auf Sex. Denn vorher kommt noch die Erziehung: Manche wachsen in einer sexualfeindlichen Umgebung auf, andere eher in einer lockereren. Keine zwei Menschen sind den gleichen Einflüssen ausgesetzt. Auffällig ist allerdings der Unterschied, der zwischen Jungen und Mädchen gemacht wird: Mädchen werden eher für sexuelle Zurückhaltung belohnt, während bei Jungs sexuelle Akti-

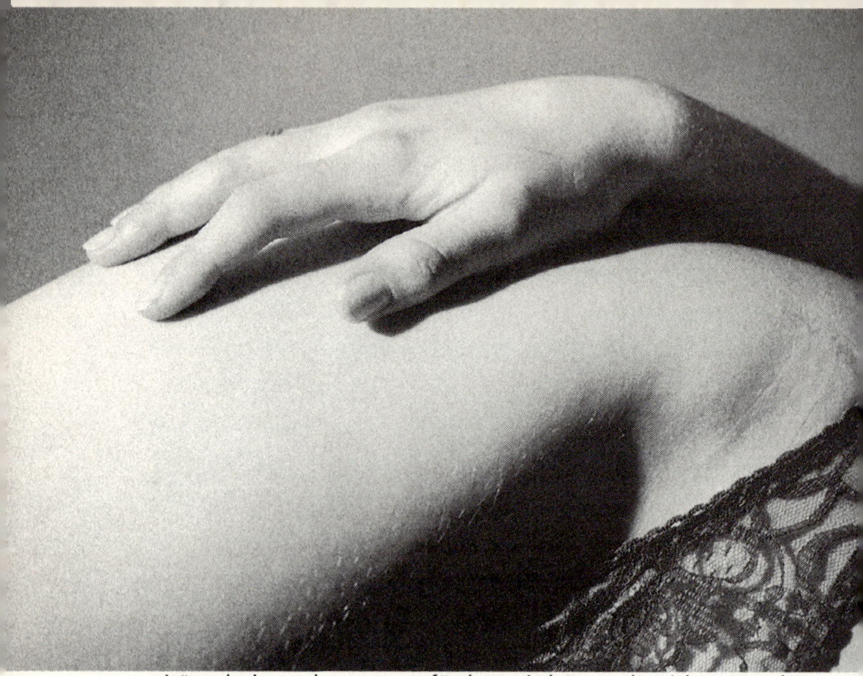

vität toleriert oder sogar gefördert wird. Das geht nicht so spurlos an uns vorbei. Vor ein paar Jahrzehnten war es noch extremer: Ein Mädchen hatte auf «den Richtigen» zu warten, mußte möglichst zurückhaltend und anständig sein, und Sex sollte nicht zuviel Spaß machen, sondern war mehr eine Pflichtübung – nach der Hochzeit, selbstverständlich. Frauen, die Spaß am Sex hatten, wurden schnell als Huren abgestempelt. Jungen dagegen sollten sich ruhig erst mal austoben, sich «die Hörner abstoßen».

Reste dieser alten Geschlechterordnung sind über die Generationen weitergegeben worden. Auch heute noch müssen Mädchen befürchten, sich unbeliebt zu machen, wenn sie öfter den Freund wechseln oder locker mit ihrer Sexualität umgehen. Aber die Erwartungen, die heute an uns als Frauen und Mädchen gestellt werden, haben sich auch verändert: Sie sind widersprüchlicher geworden. Einerseits sollen wir immer noch sexuell zurückhaltend sein – zurückhaltender jedenfalls als die Jungen und Männer.

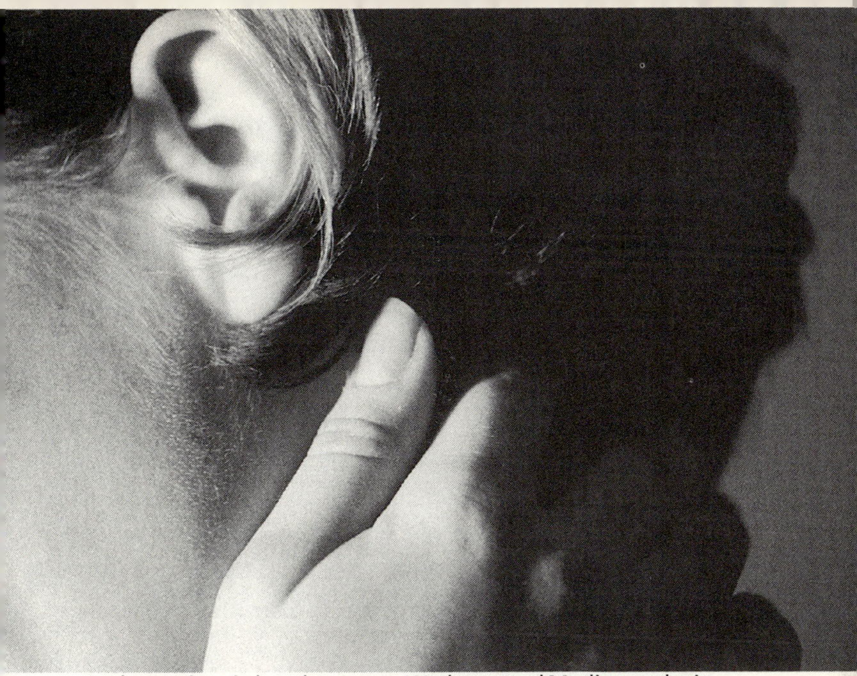

Andererseits wird uns heute von Werbung und Medien auch ein neuer Frauentyp präsentiert: die schöne, unabhängige, selbstbewußte Frau, von Beruf ist sie Model oder Schauspielerin, und auf keinen Fall ist sie von einem Mann abhängig. Sie hat Sex, sooft und mit wem sie will, und wechselt häufig die Partner. Es geht nicht darum zu entscheiden, welches Frauenbild wir erfüllen wollen – ob wir lieber sexy sein und Karriere machen oder zurückhaltend sein und eine Familie gründen wollen. Und alle gegensätzlichen Erwartungen gleichzeitig zu erfüllen, schafft sowieso niemand. Also sind wir aufgefordert, uns aus allem, was wir bei anderen Frauen oder auch Männern gesehen haben, die Puzzleteilchen zu nehmen, die uns gefallen, sie mit unseren eigenen Träumen zu verbinden und daraus das Frauenbild zu basteln, das zu uns paßt.

Jungen und Mädchen passen einfach nicht zusammen?

Über Sexualität von Mädchen und Frauen wie von Jungen und Männern gibt es viele Vorurteile: Männer wollen immer Sex und können immer; Frauen wollen Sex nur in Verbindung mit Liebe; Frauen wollen lieber kuscheln; Männer mögens eher hart; Frauen wollen verführt werden; Frauen sagen nein und meinen ja; Frauen verführen Männer zum Sex; Männer wollen im Bett das Sagen haben; Männer wollen eine Partnerin, die alles mitmacht; Frauen wollen Männer durch Sex an sich binden; Männer lassen die Frau sitzen, nachdem sie gekriegt haben, was sie wollten, und so weiter.

Ob wahr oder nicht und wie widersprüchlich auch immer, solche Vorurteile tragen zu unserem Bild über uns, über Sex und über das jeweils andere Geschlecht bei. Wenn Jungen und Mädchen so unterschiedliche Sichtweisen von Sex gelernt haben, ist es kein Wunder, daß es zu Mißverständnissen kommen kann. Jungen und Mädchen leben in ziemlich verschiedenen Welten.

Mädchen verbringen viel Zeit mit ihren Freundinnen, Jungs treffen sich in der Clique der Jungs. Oft gibt es wenig Berührungspunkte. Wie sollen Mädchen da viel über die Gedanken und Gefühle von Jungs wissen? Vielmehr herrscht oft ein Wirrwarr im Kopf. Wir kennen die Vorurteile, die nicht stimmen, aber vielleicht doch ein Körnchen Wahrheit enthalten, wir beobachten und ziehen Schlüsse, die aber genausogut falsch sein können. Dazu kommen noch Hoffnungen und Wünsche, von denen wir nicht wissen, wir wir sie erfüllen können. Den Jungs geht es da auch nicht viel besser.

Wenn du überprüfen willst, ob Jungen und Mädchen wirklich nicht zusammenpassen, mußt du offen und neugierig sein. Es kann sein, daß du Seiten an einem Jungen entdeckst, die du nicht vermutet hättest. Gleichzeitig mußt du auch damit rechnen, daß es nicht ganz einfach ist, den anderen zu verstehen. Und daß es Kraft kostet, ihm deine eigene Sichtweise verständlich zu machen.

Maxies Mutter und Paul sind übers Wochenende verreist, und Leyla übernachtet bei ihr. Wie immer in solchem Fall kommen sie kaum zum Schlafen, sondern quatschen die ganze Nacht. Heute geht's um Sex: «Meine Mutter tut immer so locker. Sie sagt, wenn es so weit ist, daß ich mit Philipp schlafen möchte, soll ich es ihr sagen, dann geht sie mit mir zum Frauenarzt, um mir die Pille verschreiben zu lassen. In Wirklichkeit will sie aber, glaube ich, daß es bis dahin möglichst noch eine Weile dauert. Und die Pille! Was denkt sie sich denn? Daß ich mir den Körper mit Hormonen vollknalle, damit für Philipp alles schön bequem ist? Nee, wenn, dann würden wir schon Kondome benutzen.» «Wegen Aids ist das bestimmt besser. Aber meinst du nicht, daß das total abtörnt?» «Keine Ahnung, das werde ich dann schon sehen.» «Denkst du, ihr werdet bald zusammen schlafen?» «Im Moment fühle ich mich total wohl so wie es ist. Mit Petting und so. Aber mal sehen – ich laß es auf mich zukommen. Aber ein bißchen Angst hab ich schon, daß es weh tut ...» Maxie schweigt einen Moment. «Und auch sonst – ich denke, es ist schon etwas total anderes als Petting. Ich fände es, glaub ich, am schönsten, wenn es in dem richtigen Moment, wenn wir beide Lust haben, einfach passieren würde ...» «Genau, so richtig romantisch», fällt Leyla ihr ins Wort. «Ja, und trotzdem wäre es schon besser, vorher drüber zu reden. Nur – ich fände es ziemlich peinlich, wenn ich mit dem Thema anfangen würde. Womöglich hält Philipp mich dann für sexbesessen oder so was.» «Ach Quatsch, das glaube ich nicht, ihr kennt euch doch schon so gut!» «Und ich will auch nicht, daß meine Eltern was mitkriegen – vielleicht kann man es einem ansehen, wenn man es gemacht hat? Aber zum Glück sind sie ja öfter mal nicht zu Hause.» «Das wäre bei mir echt ein Problem – ich würde auf keinen Fall wollen, daß meine Familie was mitkriegt.» «Wissen deine Eltern denn von Alex?» «Meine Mutter weiß zwar inzwischen, daß ich mit Alex zusammen bin, und sie sagt, er ist ein netter und vernünftiger Junge, aber ich soll bloß den Verwandten nichts davon erzählen, daß ich einen Freund habe. Meine Mutter ist eigentlich ganz okay, aber sie möchte natürlich nicht, daß ich zu früh Sex habe. Ein bißchen Händchenhalten und Küssen findet sie noch in Ordnung, aber mehr ... Manchmal habe ich den Verdacht, daß es ihr lieber ist, wenn ich ihr nicht zuviel erzähle, dann muß sie nicht entscheiden, was sie mir erlaubt und was nicht. Jedenfalls bin ich froh, daß es bei mir zu Hause nicht so ist wie bei einigen meiner Cousinen: Die eine hat auf Schritt und Tritt ihren kleinen Bruder dabei, der soll wohl auf ihre Jungfräulichkeit aufpassen. Also, ich könnte mir jedenfalls nicht vorstellen, jemanden zu heiraten, der so mißtrauisch ist und kontrolliert, ob es in der Hochzeitsnacht auch blutet! Ich hoffe nur, daß ich nicht mal mit jemandem schlafe und es später bereue – dann ist es zu spät. Na ja, erst mal möchte ich jedenfalls sowieso noch nicht mit Alex schlafen.»

Ein Paar, das sich gerade kennengelernt hat, wird sich schrittweise näherkommen: Vielleicht fängt es damit an, daß es beiden nicht langweilig wird, einander in die Augen zu sehen. Stundenlang laufen sie Hand in Hand durch den Park. Sanfte Umarmungen und vorsichtige Küsse sind das Schönste, was sie sich vorstellen können. So kann es einige Zeit weitergehen – Tage, Wochen oder Monate. Mit der Zeit wächst das Begehren, die Neugier, die Sehnsucht, dem anderen ganz nahe zu sein, ihn ganz kennenzulernen. Die Umarmungen werden intensiver, die Küsse wilder. Die streichelnden Hände wagen sich immer weiter vor.

Zusammen wird Neues probiert, anderes wird auch bei häufiger Wiederholung nicht langweilig, und immer wieder geht's einen Schritt weiter. Irgendwann ist das alles nicht mehr genug – noch näher soll's sein, so nah, wie es nur geht. Das ist der Zeitpunkt, wo das Paar miteinander schlafen möchte. Alles scheint sich ganz automatisch und harmonisch zu entwickeln. Im wirklichen Leben kann es auch so sein – muß es aber nicht.

Die Hauptschwierigkeit ist häufig, daß beide verschieden schnell sind. Im Extremfall ist er absolut glücklich, mit der Liebsten im Kino Händchen zu halten, während sie nur daran denkt, wie sie ihn nach dem Film am besten verführen kann. Es ist genauso «normal», gleich am ersten Abend Sex miteinander zu haben, wie monatelang zu schmusen und nicht mehr.

Wann?

Der Gedanke an das erste Mal ist mit gemischten Gefühlen verbunden. Wie so oft, wenn wir etwas zum ersten Mal tun, können wir gleichzeitig neugierig und ängstlich sein, es voller Aufregung erwarten und trotzdem unsicher sein, ob wir es überhaupt wollen.

Objektiv betrachtet, ist der erste Geschlechtsverkehr nur einen kleinen Schritt von den intensiven Zärtlichkeiten entfernt, die die meisten Paare bereits vorher ausgetauscht haben. Schließlich ist Petting auch schon Sex, und der einzige Unterschied zum Geschlechtsverkehr besteht darin, daß dabei der Penis nicht in die Scheide gelangt. Trotzdem ist es auch etwas völlig anderes, und viele Mädchen machen sich Gedanken darüber, wann für sie der richtige Zeitpunkt ist. Manche merken einfach plötzlich: «Jetzt will ich.» Manche wissen, daß sie sich noch viel Zeit nehmen und es langsam angehen wollen, oder es ist sowieso noch nicht der richtige Partner in Sicht. Manche sind sich unsicher, ob sie wollen oder noch nicht.

Wer versucht, sich Ratschläge zu holen, wird von jedem etwas anderes hören: Die Eltern sagen vielleicht, es sei noch viel zu früh, andere finden, sie solle sich beeilen, weil sie schon zu spät dran sei. Aber woher sollen andere wissen, wann für dich der richtige Zeitpunkt ist? Das kannst nur du selbst entscheiden.

Laß dir die Zeit, die du brauchst, um herauszufinden, was du willst. Jede hat ihr eigenes Tempo.

Wie wird es sein?

Obwohl das erste Mal für die meisten nicht ganz überraschend kommt, ist es doch ganz schön aufregend: «Wird es so toll, wie

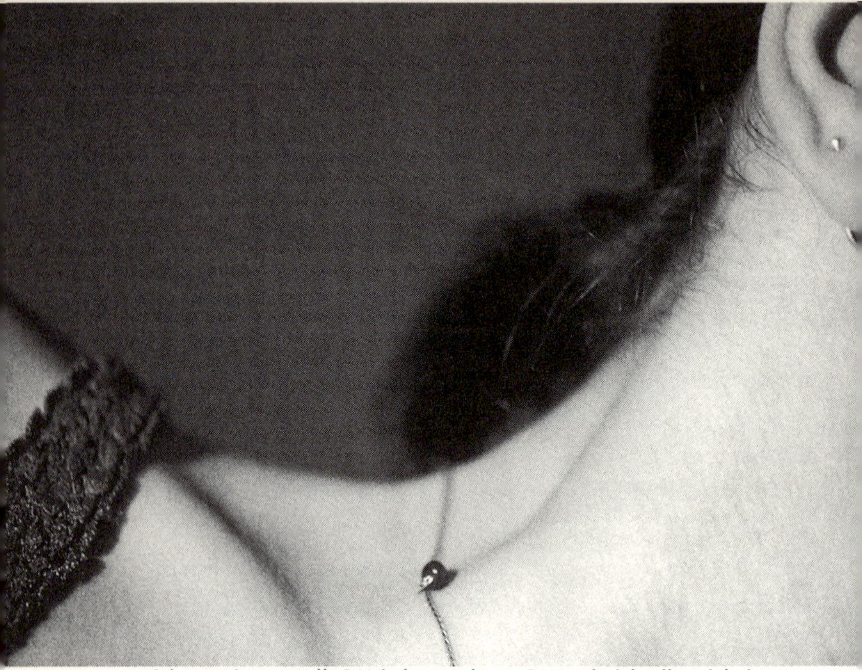

ich es mir vorstelle? Wird es weh tun? Werde ich alles richtig machen?» fragen sich viele. Bei den hohen Erwartungen, die mit dem ersten Mal verbunden werden, ist es kein Wunder, daß es im Vergleich dazu häufig enttäuschend ist – oder zwar ganz schön, aber doch nicht so wunderbar, wie man dachte.

Allerdings läßt sich etwas vorsorgen, um allzuviel Frust zu vermeiden: Am wichtigsten ist, daß beide Partner Lust haben, miteinander zu schlafen, und sich vertraut genug fühlen, es zusammen zu wagen. Mit jemandem zu schlafen, weil die Freundinnen es auch schon alle getan haben, der Freund schon seit langem dazu drängt oder man meint, jetzt das Alter erreicht zu haben, wo es einfach dazugehört, sind dagegen weniger gute Voraussetzungen für ein schönes und lustvolles erstes Mal. Auch wer sich während des Geschlechtsverkehrs aus Angst vor Schwangerschaft nicht entspannen kann, wird wahrscheinlich nicht viel Spaß haben – deshalb:

Besorgt euch rechtzeitig Verhütungsmittel. Ebenfalls wichtig

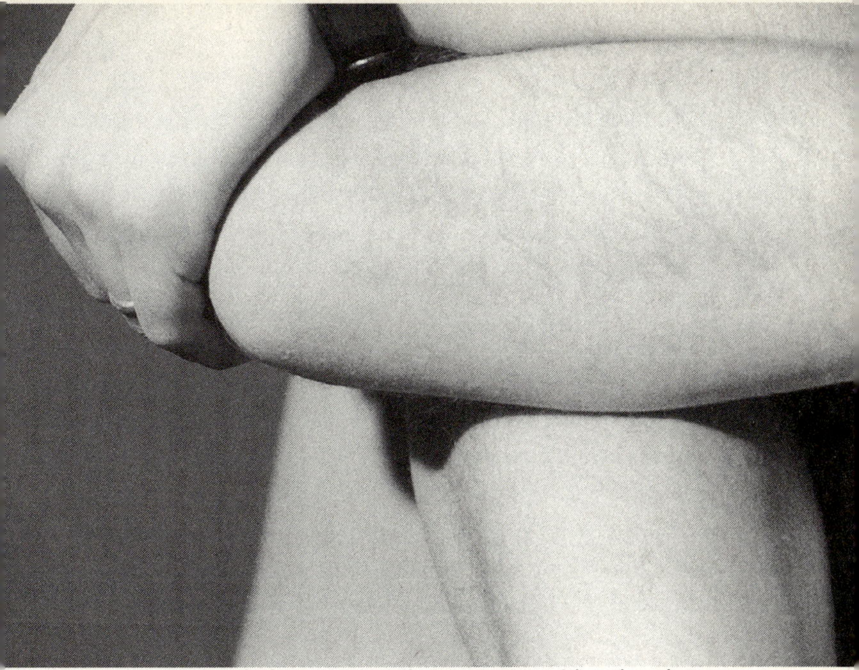

ist es, einen Ort zu haben, an dem ihr ungestört seid und euch so viel Zeit nehmen könnt, wie ihr wollt. Wer dann noch das Ganze ruhig und gelassen angeht und über kleine Pannen lachen kann, wird das erste Mal genießen können. Und wenn irgendwas nicht klappt – ihr könnt es ja später einfach noch mal versuchen.

Und wie ist das jetzt mit dem Jungfernhäutchen? Das blutet doch und tut weh? Es kann etwas schmerzen, muß aber nicht. Viele Mädchen haben beim ersten Geschlechtsverkehr schon kein Jungfernhäutchen mehr: Bei einigen Mädchen ist es schon in der Kindheit beim Spielen oder beim Sport gerissen. Bei anderen ist das Jungfernhäutchen so dehnbar, daß es nicht reißt. Nur etwa bei der Hälfte der Mädchen blutet es beim ersten Mal, was mit einem leichten, stechenden Schmerz verbunden ist, der aber schnell vorbei ist.

Und was muß man sonst noch beachten, um alles richtig zu machen? Beim Sex gibt es keine festen Regeln und keine Gebrauchsanweisungen. Probiert aus, wie es euch am besten gefällt. Und Sex ist kein Leistungssport, es geht nicht darum, einen Rekord aufzustellen, indem man, so schnell es geht, zum Orgasmus kommt oder möglichst viele Stellungen ausprobiert. Der Weg ist das Ziel – laßt euch Zeit herauszufinden, was euch gefällt. Und: Das erste Mal ist erst der Anfang – was nicht gleich klappt, kann bei zweiten oder dritten Mal schon ganz anders sein.

Jungfräulichkeit

Was für uns gut und schlecht, richtig oder falsch ist, lernen wir zuerst von den Eltern und der Kultur, in der wir aufwachsen. Das meiste davon ist uns nicht bewußt, vieles erscheint uns selbstverständlich. Auch wenn wir uns unsere eigene Meinung bilden, behalten wir vieles im Hinterkopf, was wir von früher kennen. Wie alles, betrifft das auch die Sexualität und besonders das erste Mal, dem häufig eine besondere Bedeutung beigemessen wird. Jeder Mensch ist verschieden und lebt seine Sexualität unterschiedlich. Jedes Mädchen trifft ihre eigene Entscheidung, wann sie das erste Mal Sex haben will. Trotzdem bedenkt sie dabei auch, wie wohl ihre Umgebung darauf reagieren wird.

Für Leyla spielt zum Beispiel sowohl die türkische Kultur der Familie ihrer Mutter eine Rolle als auch die deutsche Kultur ihres Vaters und ihrer Umgebung. Andere sind von ihrer katholischen Erziehung beeinflußt, und wieder andere hatten zwar keine religiöse Erziehung, haben aber auch bestimmte Moralvorstellungen gelernt. Wobei die vermittelten Werte nicht starr sind, sondern sich ständig wandeln und auch Unterschiedliches nebeneinander existiert. Wie sich der Einfluß der gesellschaftlichen Werte auf die einzelnen auswirkt, ist unterschiedlich: Manche akzeptieren die herrschenden Normen und üben vielleicht sogar Druck auf andere aus, die Regeln auch einzuhalten; andere akzeptieren einen Teil; manche versuchen den Schein zu wahren und sich gleichzeitig soviel Freiheit wie möglich zu nehmen; andere brechen aus und suchen ihren eigenen Weg. Für viele Mädchen, deren Eltern aus dem islamischen Kulturkreis stammen, ist es nach wie vor wichtig, bis zur Hochzeit Jungfrau zu bleiben – sei es aus eigener Entscheidung oder auf Druck der Familie. Wer sich unsicher ist, ob das Jungfernhäutchen noch unversehrt vorhanden ist, kann sich bei einer Frauenärztin untersuchen lassen.

Das erste Mal Sex mit einem Mädchen

Bei lesbischem Sex ist die Phantasie nicht von vornherein in eine Richtung festgelegt: Während beim Sex zwischen Mann und Frau viele erst mal Geschlechtsverkehr im Kopf haben, ist bei lesbischem Sex alles offen. Es gibt kein vorgegebenes Schema und keine Normen über die Rollenverteilung. Zwei Mädchen oder Frauen, die miteinander Sex haben, liebkosen und erregen sich mit den Händen und der Zunge, ganz wie es ihnen gefällt. Das heißt nicht, daß es immer nur sanft und zärtlich zugeht – genauso kann der Sex zwischen ihnen auch heftig und kraftvoll sein. Während mit dem ersten Mal bei heterosexuellen Paaren im allgemeinen der erste Geschlechtsverkehr gemeint ist, ist das bei lesbischen Paaren nicht so klar festgelegt. Was als erstes Mal erlebt wird, hängt von den Beteiligten ab.

Das läuft schon . . .

Maxie findet es schön, mit Philipp zu schlafen. Sie zählt nicht mehr, wie oft sie es jetzt schon gemacht haben. Das erste Mal ist jedenfalls schon ein paar Wochen her. Sie hatten dann doch vorher darüber gesprochen. Das heißt, Philipp hatte gesagt, daß er unheimlich Lust hätte, bald mit Maxie zu schlafen. Ein bißchen zaghaft hörte er sich an, als wolle er es gleich wieder zurücknehmen, aber er sagte es. Und Maxie war froh, daß er mit dem Thema anfing. Sie sagte, sie würde gerne, aber nicht gleich, sondern lieber, wenn sie genug Zeit hätten, und keine Angst haben müßten, daß jemand ins Zimmer kommt. Sie ließen ein paar Tage vergehen, um Mut zu sammeln, dann gingen sie gemeinsam Kondome kaufen – im Supermarkt, das sah etwas beiläufiger aus als in der Apotheke. Einige Zeit später war es dann soweit: Sie waren alleine bei Maxie zu

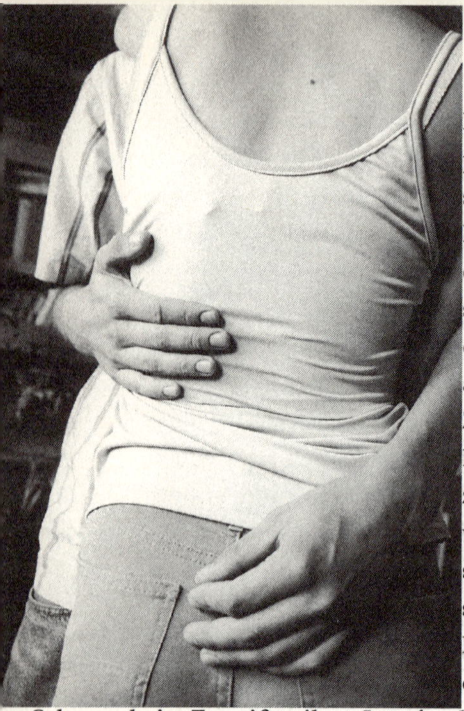

Hause beim Schmusen, und plötzlich war ihnen klar, daß sie es jetzt probieren wollten. Maxie hat oft gehört, daß das erste Mal für viele enttäuschend ist – sie wollte gerne, daß es bei ihr und Philipp ganz anders würde. Sie ließen sich Zeit, schmusten und quatschten lange, aber Philipp war doch ziemlich nervös, und sein Penis wurde einfach nicht steif. Als sie es etwas später wieder versuchten, ging es besser. Und Maxie war so erregt und feucht, daß sie so gut wie keinen Schmerz beim Zerreißen ihres Jungfernhäutchens spürte – und geblutet hat es auch fast gar nicht. Etwas schnell vorbei war es ja – aber alles in allem war Maxie glücklich, Philipp so nah wie noch nie zu spüren. Beim zweiten und dritten Mal und erst recht die Male danach klappte es schon viel besser. Maxie gefällt es, daß Philipp so oft Lust hat, mit ihr zu schlafen, und auch sie konnte gar nicht genug bekommen. Allerdings bekam sie irgendwie wirklich nicht genug – das heißt, sie fand es schön mit Philipp, er war zärtlich und liebevoll und wild, wie sie es mochte, aber Maxie hatte noch nie einen Orgasmus dabei. Anfangs dachte sie: «Na ja, beim ersten Mal ist es sicher normal», aber dann beim fünften oder sechsten oder siebten Mal dachte sie die ganze Zeit, daß es jetzt endlich passieren sollte. Durch's Denken wurde es auch nicht besser, das war ihr klar, aber sie konnte nicht anders. Es war ja auch nicht so, daß es ihr keinen Spaß machte, aber gerade weil es ihr gefiel, mit Philipp zu schlafen, müßte sie doch auch einen Orgasmus haben. Beim Petting oder wenn sie sich selbst befriedigt, geht's doch auch!

Viele von uns haben die romantische Vorstellung, daß, wenn man sich richtig liebt, beim Sex alles ganz spontan und wie von selber läuft. Und daß der Partner automatisch weiß, was uns gefällt. Wir haben es in Filmen gesehen: Frau und Mann sinken zusammen ins Bett, haben wilden leidenschaftlichen Sex und kommen dann gleichzeitig unter lautem Stöhnen zum Orgasmus.

Aber Menschen sind keine Maschinen, die auf Knopfdruck und nach vorgegebenem Schema funktionieren. Sexuelle Empfindungen können nicht einfach durch Willenskraft ausgelöst werden. Genausowenig werden sie uns vom Partner geschenkt, während wir passiv darauf warten. Erregung entsteht durch die Gefühle zum Partner und die Stimmung in der Situation. Sie wird leicht durch äußere Einflüsse gestört. Wenn wir eigentlich keine Lust haben, ständig an etwas anderes denken müssen oder ängstlich und unsicher sind, läßt die Erregung nach.

Um zum Orgasmus zu kommen, müssen wir in der richtigen Stimmung sein, uns einlassen und fallenlassen können. Gleichzeitig brauchen wir auch ein gewisses Maß an Technik:

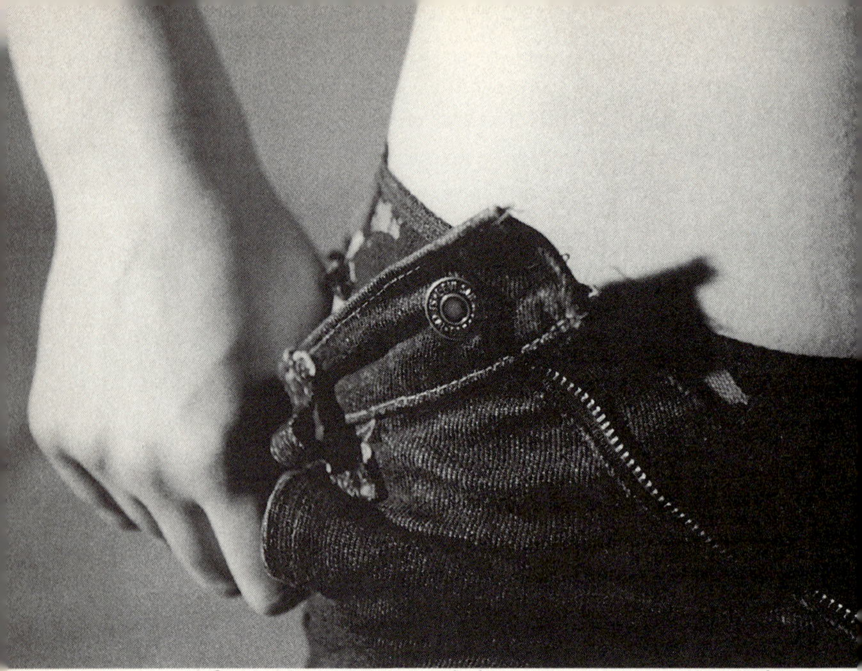

Daß wir einen Orgasmus bekommen, wenn uns jemand am Ohr knabbert, ist eher unwahrscheinlich. Erfolgversprechender ist es, die Klitoris und deren Umgebung zu reizen. Maxie weiß, daß sie zum Orgasmus kommen kann, wenn sie selbst oder Philipp sie dort streichelt.

Nach und nach haben sie gemeinsam herausgefunden, wie es für Maxie am erregendsten ist. Viele Frauen und Mädchen glauben, daß es «normal» ist, einfach durch Geschlechtsverkehr zum Orgasmus zu kommen. Daß das meist nicht so einfach klappt, liegt daran, daß für das Erreichen des Orgasmus die Stimulation der Klitoris wichtig ist – und die liegt so weit vorne zwischen den Venuslippen, daß sie beim Geschlechtsverkehr im allgemeinen höchstens indirekt gereizt wird. Manchmal lohnt es sich, verschiedene Stellungen zu probieren. Besser ist es, die Klitoris zusätzlich mit der Hand zu streicheln oder zu reiben – das kann der Junge machen oder das Mädchen selber. Manche Mädchen kommen am leichtesten durch Oralsex zum Orgasmus – für sie sind sanfte Berührungen mit der Zunge an der Klitoris am erregendsten.

Dein Partner weiß nicht einfach automatisch, wie es für dich am schönsten ist: Du mußt ihm schon ein paar Hinweise geben – entweder du sagst, was dir gefällt, oder – ohne Worte – du führst seine Hand oder zeigst ihm durch Geräusche, was du magst oder nicht magst.

Wenn du selber noch nicht so genau weißt, wie es dir gefällt, kannst du das durch Selbstbefriedigung herausfinden. Viele Mädchen erleben dabei ihren ersten Orgasmus. Wenn du erst einmal das Gefühl kennst und eine Methode kennst, wie du zum Orgasmus kommst, wirst du auch leichter beim Sex mit dem Partner einen Orgasmus haben. Wenn es nicht gleich klappt: Laß dir Zeit – viele Mädchen brauchen erst mal etwas Übung und Erfahrung, bis sie das erste Mal zum Orgasmus kommen.

Ja oder nein

Als Leyla einmal angefangen hat zu reden, konnte sie gar nicht mehr aufhören: «Weißt du, Maxie, ich hab dir doch neulich erzählt, daß ich noch nicht mit Alex schlafen möchte, aber ich weiß, daß er gerne will, und mir fällt es schwer, ihm jedesmal nein zu sagen. Ich meine, er sagt schon, daß er es versteht und daß er warten möchte, bis ich auch Lust habe, aber ich fühle mich trotzdem ein bißchen schlecht, als ob ich ihm etwas schulde. Vor allem vor ein paar Tagen, wir waren beide total gut drauf, albern und verliebt – wir kamen von der Fete bei Marco, und ich war noch mit bei ihm. Na ja, wir haben ziemlich heftig geschmust und uns gestreichelt – ich war so angemacht, daß ich gar nicht gemerkt habe, wie wir im Bett gelandet sind, und nicht nur das: Plötzlich wurde mir klar, daß wir kurz davor waren, miteinander zu schlafen! Und im gleichen Moment bekam ich einen Schreck – was machten wir denn, ich wollte doch gar nicht! Bis dahin fand ich es superschön, aber von einer Sekunde auf die andere war mir auf einmal alles zuviel. Aber gleichzeitig bekam ich ein schlechtes Gewissen: Jetzt war ich so weit gegangen,

und in letzter Sekunde mache ich auf einmal einen Rückzieher und will doch nicht! Beinahe hätte ich nichts gesagt und einfach weitergemacht. Aber dann hab ich mich doch getraut und gesagt: ‹Hör auf, ich will jetzt nicht mit dir schlafen.› Er war zuerst etwas verwirrt, dann fühlte er sich verarscht, und zum Schluß hat er sich entschuldigt und gesagt, er hätte zwar Lust, mit mir zu schlafen, aber er könne auch warten.»

Beim Sex wie überall sonst im Leben treffen wir Entscheidungen: ja oder nein, mit wem, wann, wo, wie und wie oft. Das setzt voraus, daß wir auch wissen, was wir wollen.

Beim Sex geht's um Gefühle. Unsere Gefühle und die des Partners. Manchmal nehmen wir ganz deutlich wahr, was wir gerade wollen oder auch nicht wollen. Manchmal – wenn wir merken, wir tun etwas, weil «man» das so macht, weil jemand es von uns erwartet oder weil es einfach vernünftig ist – müssen wir erst in uns hineinhorchen, um zu erspüren, was unser wirkliches Bedürfnis ist. Und dann entscheiden. Vielleicht geht es um eine Kleinigkeit – klar, was ist schon dabei, die Nachbarin

freundlich zu grüßen, obwohl wir sie nicht leiden können. Möglich, daß wir uns entscheiden, den Partner zu einer Party zu begleiten, obwohl wir keine Lust dazu haben. Aber wo ist die Grenze?

Bedeutsam ist sicher, aus welchem Grund wir etwas tun, was wir nicht mögen. Tun wir es, weil wir *Lust* haben, ihm eine Freude zu machen? Oder aus *Angst*, ihn zu verlieren? Leyla merkt plötzlich, daß sie nicht mit Alex schlafen will – und beinahe tut sie es trotzdem, weil sie glaubt, sie sei schon zu weit gegangen, und sie sich verpflichtet fühlt. Dann entscheidet sie sich doch, es zu lassen. Sex ist etwas, was wir aus Lust tun – etwas ganz anderes, als zum Beispiel für die Mathearbeit zu lernen, weil es eben am Ende des Jahres Zeugnisse gibt. Wieso sollten wir Sex haben, wenn wir keine Lust dazu haben?

Du hast jederzeit das Recht, «Nein» zu sagen. Natürlich solltest du auch die Gefühle anderer respektieren und niemanden absichtlich anmachen, wenn du schon weißt, daß du keine Lust

hast. Aber wenn du in eine Situation gerätst, die dir zu weit geht, sag «Nein», auch wenn's schwerfällt.

Sexuelle Gewalt

Welches Mädchen ist nicht davor gewarnt worden, nachts alleine durch den dunklen Park oder durch einsame Straßen zu gehen. Sicher, es könnte tatsächlich sein, daß dort jemand herumläuft, der es darauf abgesehen hat, ein Mädchen zu vergewaltigen.

Sehr viel wahrscheinlicher ist jedoch sexuelle Gewalt durch jemanden, den wir bereits kennen. Wir wehren uns gegen den Gedanken, daß auch der nette Typ, den wir gerade kennengelernt haben, oder der Bekannte der Eltern uns mit Gewalt zum Sex zwingen könnte. Tatsächlich passieren Vergewaltigungen viel häufiger auf Parties oder bei Verabredungen als in finsteren Gegenden auf der Straße. Heißt das, daß wir ständig damit rechnen müssen, vergewaltigt zu werden, und niemandem mehr trauen dürfen?

Es geht nicht darum, vor lauter Angst zu Hause zu bleiben und den Kontakt zu Jungen und Männern zu meiden, sondern eher darum, mehr auf unsere Gefühle zu hören, die uns meist zeigen, wenn irgend etwas nicht stimmt. Weil wir nicht erwarten, daß sexuelle Gewalt von Bekannten ausgehen könnte, neigen wir manchmal dazu, unseren Gefühlen nicht zu trauen, wenn uns eine Situation seltsam, unheimlich oder bedrohlich erscheint. Dabei können wir im allgemeinen erspüren, wenn uns Gefahr droht. Auch wenn wir uns nicht 100%ig schützen können, können wir doch viele bedrohliche Situationen vermeiden, indem wir aufmerksam sind und unsere Gefühle ernst nehmen.

Wenn du in eine Lage gerätst, in der du dich unwohl fühlst, gehe weg; wenn jemand gegen deinen Willen Sex von dir verlangt, hast du jederzeit das Recht, «Nein» zu sagen – auch wenn du einen Moment vorher noch mit ihm geknutscht oder geschmust hast.

Viele Vergewaltiger behaupten, sie hätten nicht anders gekonnt, weil sie sich zum Sex aufgefordert gefühlt hätten. Aber niemand hat das Recht, jemanden gegen seinen Willen zum Sex zu zwingen, egal wie ein Mädchen angezogen ist oder sich verhält. Vergewaltiger und Mißbraucher tragen die volle Verantwortung für ihr Verhalten.

Wer vergewaltigt wurde, möchte die Sache am liebsten so schnell wie möglich vergessen. Trotzdem ist es wichtig, sich möglichst sofort von einer Ärztin auf Verletzungen untersuchen zu lassen. Durch die ‹Pille danach› kann eine Schwangerschaft vermieden werden. Die Ärztin kann auch Samenspuren des Täters feststellen, was wichtig ist, falls du dich zu einer Anzeige entschließen solltest. Wenn du vergewaltigt wurdest, such dir auf jeden Fall Hilfe bei einer Person, der du vertraust. In größeren Städten gibt es meist einen Vergewaltigungsnotruf – dort kannst du mit Frauen sprechen, die dir zuhören und dich unterstützen. Wer von einem Bekannten oder Verwandten mißbraucht wird, sollte sich ebenfalls eine Vertrauensperson suchen, um bei dem schwierigen Weg, den Mißbrauch zu beenden, Unterstützung zu haben. In vielen Städten gibt es Beratungsstellen, die auf sexuellen Mißbrauch spezialisiert sind und dir weiterhelfen können.

Sexuelle Gewalt ist eine dunkle und bedrohliche Seite von Sexualität. Aber auch wenn wir aus freier Entscheidung und lustvoll Sex haben, können wir leider nicht einfach nur genießen, sondern müssen uns mit den möglichen Folgen beschäftigen.

Spaß ohne Risiken und Nebenwirkungen?

Maxie öffnet das seltsam geformte Päckchen, das Julia und Leyla ihr zum Geburtstag mitgebracht haben: Jede Menge Kondome fallen ihr entgegen – in den verschiedensten Farben und Geschmacksrichtungen. «Wir dachten, die kannst du bestimmt gut gebrauchen», grinsen die beiden. «Klar! Montags grün, dienstags gelb, mittwochs rot mit Erdbeergeschmack ... Aber eigentlich sind sie fast zu schade zum Benutzen.» Später kommt das Gespräch noch öfter auf die so offen rumliegenden Kondome. So erfährt Maxie von Nicole, daß bei ihr und Sascha neulich ein Kondom geplatzt ist und Nicole die ‹Pille danach› nehmen mußte, um nicht schwanger zu werden. Fast jeder der Geburtstagsgäste macht irgendeinen Kommentar. Das reicht von «Sex mit Kondom ist wie Bonbons mit Papier lutschen» bis «Gibst du mir eins, Zitronengeschmack fehlt noch in meiner Sammlung». «Ob die wohl alle schon Erfahrungen mit Kondomen haben?» fragt sich Maxie. Zum Beispiel Janine, die gerade verkündet, daß ein Typ, der sich weigert, ein Kondom zu benutzen, bei ihr gleich von der Bettkante fliegt. Oder Marco, der damit angibt, wie schnell eine Großpackung Kondome bei ihm verbraucht sei. Julia und Meike grinsen nur – und sind froh, daß sie damit wenigstens keine Probleme haben.

Wer Sex hat, egal ob in einer festen Partnerschaft oder einer unverbindlichen Bekanntschaft, möchte dabei Spaß haben. Um Sex

ohne Angst genießen zu können, müssen wir dabei auch Verantwortung übernehmen. In erster Linie für uns selbst, aber auch für den Partner – und umgekehrt. Dazu gehört, die Gefühle des anderen zu respektieren und die eigenen Grenzen und die des Partners zu achten. Also nichts zu machen, was wir nicht wollen, und auch andere nicht zu etwas zu überreden. Wenn wir Sex außerhalb einer Beziehung haben, ist es gut, sich zu vergewissern, daß beide in etwa das gleiche wollen – um zu vermeiden, daß es zu unnötigen Verletzungen kommt, weil einer nur unverbindlichen Sex will, der andere aber unsterblich verliebt ist. Außerdem müssen wir uns vor ungewollter Schwangerschaft, Aids und anderen sexuell übertragbaren Krankheiten schützen. Deshalb hier ein paar kurze Infos dazu. Weitere Informationen zu Verhütungsmethoden und sexuell übertragbaren Krankheiten findest du in Büchern (siehe Literaturliste) oder in einer Beratungsstelle von Pro Familia.

Safer Sex

Aids (**A**cquired **I**mmune **D**eficiency **S**yndrome = erworbenes Immunschwäche-Syndrom) ist eine ansteckende Krankheit, gegen die es noch kein Heilmittel gibt und die bisher tödlich verläuft. Da das Virus, das die Krankheit auslöst (HIV), aber hauptsächlich durch Geschlechtsverkehr übertragen wird, können wir uns mit einfachen Mitteln schützen. HIV ist in den Körperflüssigkeiten infizierter Menschen enthalten. Aber nur in Blut, Sperma, Scheidenflüssigkeit und Muttermilch ist die Konzentration so hoch, daß es zu einer Ansteckung kommen kann – wenn diese Flüssigkeiten ins Blut einer anderen Person gelangen. Dies kann durch Geschlechtsverkehr passieren. Da wir niemandem ansehen können, ob er mit HIV infiziert ist, müssen wir also bei jedem Sexualpartner vermeiden, daß beim Sex Sperma, Blut – auch Menstruationsblut – oder Vaginalsekret durch die empfindlichen Schleimhäute von Vagina, Penis oder Darm ins Blut gelangen kann. Diese Vorsichtsmaßnahmen nennt man ‹Safer Sex› (sicherer Sex). Wer sich vor Aids schützen will, muß nicht auf Sex verzichten. Beim Safer Sex ist vieles möglich: Küssen ist ungefährlich – um sich anzustecken, müßte man mehrere Liter Speichel trinken. Auch durch Schmusen, Streicheln und Petting wird HIV nicht übertragen. Beim Oralsex ist das Risiko sehr gering, wenn man nicht gerade offene Wunden im Mund hat. Im Magen werden die Viren von der Säure abgetötet. Beim Geschlechtsverkehr oder Analverkehr schützen Kondome vor Ansteckung.

Das Kondom

Das Kondom hat einige Vorteile gegenüber anderen Verhütungsmitteln. Vor allem: Es schützt nicht nur vor Schwangerschaft, sondern als einziges Verhütungsmittel auch vor Aids und anderen sexuell übertragbaren Krankheiten. Außerdem ist es sehr sicher, leicht erhältlich, wird nur angewandt, wenn es wirklich gebraucht wird, und hat keine Nebenwirkungen.

Wichtig zu beachten ist folgendes: Kaufe nur geprüfte Markenkondome, lagere sie nicht in der Wärme, damit das Latex nicht brüchig wird, und benutze es nicht mit fetthaltigen Gleitmitteln oder Schaumzäpfchen, da diese ebenfalls das Material angreifen. Beim Aufreißen der Packung sei vorsichtig, damit du das Kondom nicht mit Ringen oder spitzen Fingernägeln beschädigst. Beim Aufsetzen auf den steifen Penis muß aus dem Reservoir an der Spitze des Kondoms die Luft herausgedrückt und etwas Platz gelassen werden. Achte darauf, es richtig herum aufzusetzen, so daß es sich abrollen läßt. Wird es versehentlich falsch herum aufgesetzt, muß ein neues Kondom genommen werden, da sich vielleicht schon Spermien auf der Eichel befunden haben. Rolle das Kondom ganz ab. Beim Herausziehen des Penis aus der Scheide muß das Kondom festgehalten werden, damit es nicht abrutscht. Ein Kondom kostet etwa 1,– bis 1,50 DM.

Die Pille

Die Pille ist ein sehr sicheres Verhütungsmittel, schützt aber nicht vor sexuell übertragbaren Krankheiten. Sie enthält Hormone und wirkt, indem sie in den Menstruationszyklus eingreift und den Eisprung verhindert. Dazu muß sie regelmäßig jeden Tag eingenommen werden. Da sie ein hochwirksames Medikament ist, muß sie vom Arzt verschrieben werden und kann Nebenwirkungen haben. Harmlosere Nebenwirkungen können zum Beispiel Übelkeit, Zwischenblutungen oder Gewichtszunahme sein – vielleicht liegt's an der Pillensorte oder an der Eingewöhnungszeit. Sprich auf jeden Fall mit deiner Frauenärztin darüber. Schwere Nebenwirkungen sind zum Beispiel Thrombose (Zusammenklumpen des Blutes in einer Vene) oder Herzinfarkt. Sie treten extrem selten auf, bei Raucherinnen ist das Risiko aber höher – deshalb sollte Frau sich entscheiden: Rauchen oder Pille. Wenn du die Pille nehmen möchtest, ist wichtig, daß dein Zyklus schon einigermaßen regelmäßig ist. Sollen deine Eltern nichts erfahren, keine Angst: Ärzte stehen unter Schweigepflicht. Die Preise für die Pille sind sehr unterschiedlich, für unter 20jährige sind jedoch viele Pillensorten kostenlos.

Das Diaphragma

Das Diaphragma ist ein Verhütungsmittel, das von der Frau zusammen mit etwas samenabtötendem Gel in die Vagina eingeführt wird und den Spermien den Weg in die Gebärmutter versperrt. Es besteht aus einem mit Gummi überzogenen Ring und hat die Form eines Hütchens. Um die passende Größe festzustellen, muß es von der Ärztin angepaßt werden. Dann ist es mit etwas Übung leicht selber einzusetzen. Weder Mann noch Frau spüren das Diaphragma beim Geschlechtsverkehr. Wenn nach acht Stunden die Spermien in der Scheide abgestorben sind, wird es herausgenommen. Es wird nur benutzt, wenn es gebraucht wird, ist bei richtiger Anwendung sehr sicher und hat keine Nebenwirkungen. Allerdings schützt es ebenfalls nicht vor sexuell übertragbaren Krankheiten. Bei guter Pflege hält das Diaphragma zwei Jahre. Es kostet ca. 35,– DM, eine Tube Gel ca. 17,– DM.

Sonstige Verhütungsmethoden

Es gibt noch einige andere Verhütungsmethoden, die für Jugendliche nur selten in Frage kommen.

Die Spirale wird vom Arzt in die Gebärmutter eingesetzt und verhindert dort die Einnistung der befruchteten Eizelle. Bei Frauen, die noch nicht schwanger waren, besteht die Gefahr, daß die Spirale abgestoßen wird. Samenabtötende Schaumzäpfchen, die vor dem Geschlechtsverkehr in die Scheide eingeführt werden, sind sehr unsicher – wer sie zusammen mit Kondomen benutzen möchte, muß bedenken, daß Schaumzäpfchen das Latex angreifen können, und in der Apotheke nach einer Sorte fragen, die ausdrücklich für die Verwendung mit Kondomen empfohlen wird. Bei der natürlichen Empfängnisverhütung werden durch tägliche Messung der Körpertemperatur und Beobachtung des

Gebärmutterhalsschleims die unfruchtbaren Tage ermittelt. Diese Methode ist nur bei gewissenhafter Durchführung und einigermaßen regelmäßigem Leben sicher.

Die ‹Pille danach›

Wenn beim Verhüten mal etwas schiefgegangen ist – Kondom geplatzt, Pille vergessen oder gar nicht verhütet – gibt es noch die ‹Pille danach›. Sie verhindert bis zu 48 Stunden nach dem Geschlechtsverkehr eine Schwangerschaft. Du bekommst sie beim Arzt, bei Pro Familia oder am Wochenende in der Ambulanz des Krankenhauses. Im Abstand von 12 Stunden mußt du je zwei Tabletten einnehmen – vorher solltest du etwas essen, weil dir sonst durch die Hormone übel werden kann. Die ‹Pille danach› kostet ca. 10,– DM.

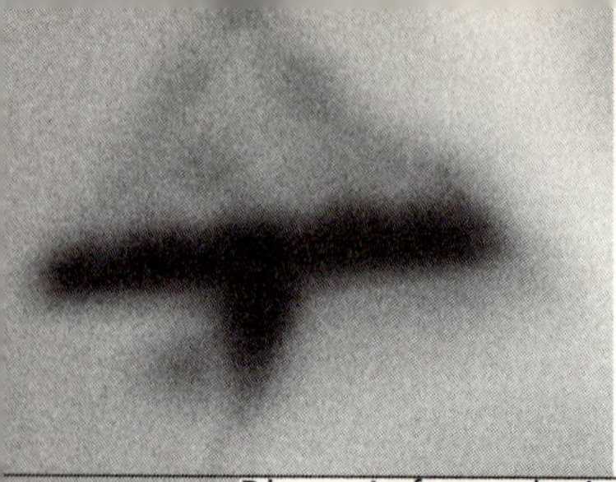

Die Anfangsschwierigkeiten sind bewältigt, mit dem ersten Mal hat's auch geklappt – eigentlich müßte alles wunderbar sein. Aber ach: Ist er wirklich der Richtige? Haben wir es uns so vorgestellt? So – na eben alltäglich? Wo bleiben Champagner, Liebesschwüre, Feuerwerk? Hat er Geheimnisse? Sind seine Freunde wichtiger als ich? Und überhaupt: Wieso weiß er nicht, was ich fühle? Ach, ob er wirklich der Richtige ist?

Wer kennt sie nicht, diese Zweifel, diese Fragen, ob nicht alles noch besser sein könnte, noch schöner, genauso wie in unseren Träumen. Vorstellungen über Liebe, Sexualität und Partnerschaft beeinflussen uns schon, bevor wir das kleine Einmaleins beherrschen. Wenn wir uns verlieben und selbst eine Liebesbeziehung einge-

[Stolpersteine]

hen, prallen diese Vorstellungen oft mit einer Realität aufeinander, die einfach anders ist. Die Gefühle sind anders, die Gespräche, der Sex, der Alltag. Was ist richtig: die Vorstellung oder die Wirklichkeit?

Natürlich ist es so richtig, wie es ist. Und trotzdem: Ist das jetzt wirklich Liebe? Oder gibt es da noch etwas anderes, etwas, was meiner Vorstellung von Liebe näherkommt? Und wenn ich mich jetzt zufriedengebe, könnte ich dann nicht die wahre Liebe verpassen? Schon möglich! Möglich ist alles, aber sicher ist, daß wir uns mit solchen Zweifeln den Augenblick vermiesen.

«Also weg damit!» sagt sich leicht. Manche Frage ist vielleicht durchaus berechtigt, und nicht all unsere Erwartungen an die Liebe und den Partner sind unrealistisch. Einige aber schon. Einige kommen sogar sehr häufig vor, weshalb wir sie besonders schwer als Unsinn erkennen. Die wichtigsten wollen wir etwas ausführlicher untersuchen. Aber keine Sorge: Wer will, darf natürlich gern weiter träumen. Und deshalb beginnen wir mit einem Thema zum Nachdenken und zum Träumen: der Romantik.

Romantik

Nach der Chorprobe sitzen Maxie, Julia, Meike und ein paar andere Mädchen im Café um die Ecke. Ein Mädchen erzählt, wie sie ihren Freund kennengelernt hat: «Auf der Eisbahn, er ist einfach vor mir auf die Knie gefallen. Er hat jetzt noch blaue Flecken vom Sturz, aber es war sehr romantisch.» «Romantisch war es bei uns auch», denkt Maxie, «wenn auch nicht ganz so spektakulär. Es gab keinen Sonnenuntergang, keine Geigen, nur Mücken. Aber so romantisch wie an diesem ersten Abend war es danach nicht wieder.» «Wieviel Romantik willst du denn?» fragt Julie lachend, als sie sich später beklagt, Philipp sei unromantisch. «Soll er dir einen Heiratsantrag machen und täglich rote Rosen schenken?» «Quatsch, ich weiß auch nicht genau, was ich meine. Aber für manche Dinge hat er einfach keinen Sinn.»

An diesem ersten Abend, den Maxie in so romantischer Erinnerung hat, war im Grunde nichts außergewöhnlich. Auch ein auf die Eisbahn stürzender Junge ist normalerweise bestenfalls komisch, schlimmstenfalls hat er sich ernsthaft verletzt. Manche Leute lernen sich in der U-Bahn oder im Bus kennen und finden das romantisch. Andere laufen zusammen durch einen Hagelschauer nach Hause und finden das auch romantisch, weil sie sich dabei verliebt haben. Maxie war an diesem Abend zum ersten Mal allein mit Philipp, endlich wurde es ernst. Vermutlich hätte sie es auch romantisch gefunden, wenn sie sich in einer stillen Ecke des nahe gelegenen Einkaufszentrums in die Augen geschaut hätten. Die Romantik der Situation ging vor allem von ihren Gefühlen füreinander aus.

Natürlich gibt es schönere und häßlichere Umgebungen fürs Verlieben. Für ein erstes Rendezvous wird man sich eher ein Restaurant als eine Autobahnraststätte aussuchen, aber es gibt auch romantische Situationen in einem Schnellimbiß. Manchmal reicht es schon aus, daß nichts stört, kein Autolärm, keine kreischenden Kleinkinder. Und manchmal nehmen wir noch nicht mal wahr, daß Müll im See schwimmt und der Liebste Knoblauch gegessen hat.

Phantasie statt Kerzenlicht

Romantik läßt sich nicht erzwingen. Kerzenlicht ist zwar schöner als ein Halogenfluter, eine Garantie für einen gelungenen romantischen Abend ist es aber nicht. Planen läßt sich auch nur in gewissen Grenzen. Wer eine Situation unbedingt romantisch gestalten will, neigt eher dazu, zuviel des Guten zu tun: Champagner, rote Rosen und leise Musik sind nicht automatisch romantisch. Zuviel davon ist nicht romantisch, sondern kitschig. Weil es unbedingt schön werden soll, ist man sehr angespannt: die besten Voraussetzungen, um alle Romantik zunichte zu machen. Vielleicht bekommt der Liebste gar das ungute Gefühl, die romantische Atmosphäre sei wichtiger als er. Dabei ist das Drumherum gar nicht nötig. Mit ein bißchen Mut zum Ungewöhnlichen, einer Prise Phantasie, Gelassenheit und der Fähigkeit, eine Situation voll und ganz zu genießen, entstehen die schönsten romantischen Gefühle.

Die meisten Menschen verbinden Romantik mit Liebe. Jede Liebe hat ihre romantischen Höhepunkte, und der Augenblick des Verliebens gehört wohl für die meisten dazu. Die Erwartung, diese romantische Begegnung zu wiederholen, überfordert jede Liebesbeziehung. Denn wenn sie sich wiederholen ließe, wäre der Zauber dahin. Viele Frauen wünschen sich mehr Romantik in ihrer Partnerschaft. Aber Romantik zu fordern ist albern, denn

Romantik läßt sich nicht einfach herstellen. Romantische Situationen ergeben sich. Die Voraussetzungen dafür liegen stärker in *uns* als in der «Ausstattung» einer Situation. Manches läßt sich allerdings *fast* wiederholen: Viele Paare feiern den Tag, an dem sie sich kennengelernt haben. Es kann auch sehr romantisch sein, noch einmal an den Ort zu fahren, an dem ihr euch zum ersten Mal geküßt habt. Vorausgesetzt, es ist ein besonderer, nicht alltäglicher Ort. Es kann romantisch sein, aber es ist nicht das gleiche, weil ihr euch inzwischen schon viele Male geküßt habt.

Bereit sein für Romantik

Manche Umgebungen und Situationen sind so überwältigend, daß wir uns an diesen einen Tag oder diesen einen Moment noch lange erinnern. Eine Sternschnuppe, die genau in dem Moment fällt, in dem du dir etwas ganz besonders wünschst, ist romantisch – selbst dann, wenn dein Wunsch gar nichts mit Liebe und so weiter zu tun hatte. Wer Romantik will, muß die Augen offenhalten, neugierig sein. Es gibt genug Romantik im Leben. Romantik hat viel mit Liebe zu tun. Aber wer sie *nur* in der Liebe erwartet, überfordert die Liebe.

Zu hohe Erwartungen an große romantische Gefühle in der Liebe lassen uns oft kleine romantische Situationen übersehen. Der Wunsch nach Romantik richtet aber manchmal noch mehr Unheil an: Die größte romantische Idee, die in vielen Köpfen herumspukt, ist die vom einzig richtigen Idealmann. So viel vorweg – es gibt ihn nicht.

Eines Tages wird der Richtige kommen

«Ob ich mich irgendwann auch mal in den Richtigen verliebe – einen, der nur mich allein liebt?» Leyla seufzt. Die Freundinnen sitzen auf dem Spielplatz hinter der Schule und führen eher trübsinnige Gespräche. Maxie, die schon seit zehn Minuten die Schaukel blockiert, versucht Leyla zu trösten: «Ich finde, Alex und du, ihr paßt sehr gut zu-

sammen. Er flirtet einfach gern. Aber das heißt ja nicht gleich, daß er auch was mit anderen Mädchen anfangen würde.» «Seit wann nimmst du denn Alex in Schutz?» stichelt Julia. «Aber mal im Ernst, ich finde dieses ganze Gerede um die wahre Liebe manchmal etwas seltsam. Im Moment ist Alex richtig für dich, weil du ihn willst. Laß es doch einfach dabei.» «Genau», meint Maxie, «und wenn es ihn gibt, wird der Richtige schon irgendwann kommen.»

Falls es ihn gibt und falls er den Weg findet! Und wenn er dann da ist, müßten wir ihn nur noch erkennen. Das kann ja nicht so schwer sein. Verlieben werden wir uns, und er wird sich auch verlieben. Verliebt waren wir auch schon in «Falsche», aber diesmal wird es anders sein: Ein einziger Blick wird genügen, wir werden uns auf Anhieb verstehen, vom ersten Moment an wissen, daß wir füreinander bestimmt sind. Keine Zweifel mehr, nie wieder.

Bitte ein Wunder!

Auch wenn der Verstand uns sagt, daß es ganz so wohl doch nicht ist, wir glauben weiter daran. Es wäre so schön, es wäre ein Wunder. Und einfach wäre es auch. Wir müßten nicht darüber nachdenken, wie wir ihn auf uns aufmerksam machen können, denn wir würden einander erkennen. Wir würden alles, was wir zum Glücklichsein brauchen, von diesem einen Menschen bekommen, und wir müßten nichts dafür tun. Denn wir würden ihn auch glücklich machen, einfach so, nur durch unsere Liebe. Vorbei wäre die quälende Eifersucht, denn wir wären uns seiner sicher – für immer. Kein Wunder, daß wir so gern an dieses Wunder glauben.

Aber zurück zur Wirklichkeit: Was machen wir bis dahin? Bis dahin könnten wir Dornröschen spielen und warten. Keine sehr attraktive Vorstellung, denn um uns herum sehen wir immer mehr Liebespaare. Und dann ist da auch noch dieser leise Zweifel: Was, wenn es ihn doch nicht gibt? Was, wenn er erst in zwanzig Jahren kommt? Was, wenn er vorher von einem Auto überfahren wird?

Zum Glück entscheiden sich nur wenige Mädchen über einen längeren Zeitraum für diesen Weg. Den meisten kommt irgendwann die Liebe dazwischen. Sie verlieben sich und glauben vielleicht sogar am Anfang, daß sie dem Richtigen jetzt schon begegnet wären. Aber irgendwann kommen Zweifel. Vielleicht nicht beim ersten Streit, aber beim zweiten, vielleicht schon, wenn das allererste Glücksgefühl nachläßt. Der Richtige kann es wohl diesmal noch nicht gewesen sein. Vielleicht doch!

Zweifel gehören dazu

Einen ersten Streit gibt es in jeder Partnerschaft, auch das verliebte Gefühl läßt garantiert irgendwann nach, egal wie gut ihr zueinander paßt. Das ist völlig normal. Auch Zweifel sind normal: Zweifel, ob du überhaupt eine Beziehung willst, ob du diese Beziehung willst und ob ihr zueinander paßt. Wenn allerdings irgendwo in deinem Hinterkopf der Glaube an den einzig Richtigen herumspukt, könnte es passieren, daß du über die ersten Schwierigkeiten nicht hinauskommst.

Wer einmal festgestellt hat: «Das ist er nicht!», läßt dem anderen keine Chance mehr. Die Unzufriedenheit bleibt, auch wenn der Streit vorbei ist.

Wer sich vom Glauben an den Märchenprinzen verabschiedet hat, wird feststellen, daß die Wirklichkeit auch ihre Vorzüge hat: Es gibt nicht den einen *einzig* Richtigen, aber tausend Richtige. Den großen Knall, die Liebe auf den ersten Blick – natürlich gibt es das. Was es nicht gibt, ist der Himmel auf Erden.

Der große, der entscheidende Vorteil der Wirklichkeit gegenüber dem Traum vom einzig Richtigen liegt darin, daß es im wirklichen Leben immer auch noch andere Möglichkeiten gibt, glücklich zu werden. Viele Menschen können richtig für dich sein. Mit dem einen gibt es diese Schwierigkeiten, mit dem anderen hätte es jene gegeben. Wenn eine große Liebe dich verläßt, ist das sehr traurig, aber nicht das vorzeitige Ende allen

Glücks. Natürlich wartet niemand irgendwo auf dich und *nur* auf dich, du mußt selbst etwas tun, um jemanden zum Verlieben zu treffen. Und es ist auch nicht immer rosarot-wunderbar, es gibt auch Krisen und Tiefpunkte. Dafür entscheidet nicht allein das Schicksal über Leben und Liebe: Du hast ein Mitbestimmungsrecht!

Der «Richtige» ist sicher der größte Stolperstein unserer Träume. Manche fallen aber gerade über die kleinsten Kieselsteine: Gedanken und Vorstellungen über die Liebe, die einfach immer schon da waren und trotzdem falsch sind. Und davon gibt es jede Menge.

Ist das nicht selbstverständlich?

Maxie ist genervt. Alles, aber auch alles muß sie Philipp aus der Nase ziehen. Er kann einfach nicht seine Meinung sagen. Wie soll sie wissen, ob er sie sehen will oder lieber zum Fußballspiel geht. Hält er sie für eine Hellseherin oder so was? Maxies Eltern und Leonie sind übers Wochenende zu den Großeltern gefahren. Maxie wollte nicht mit. Als sie Philipp fragte, ob er an diesem Wochenende gern bei ihr übernachten würde, sah er sie mit seinen großen, blauen Augen an und antwortete: «Kannst du dir das nicht denken?» Typisch Philipp! Sollte das heißen: «Ich würde gern, aber ...» oder «endlich fragst du» oder «eine ganze Nacht in deinem engen Bett, das ist mir zu unbequem». Hätte er nicht einfach sagen können, was er gern möchte? Maxie war so sauer über seine Antwort, daß sie das Ganze platzen ließ. Sie weiß bis heute nicht, was er meinte. Und langsam hat sie auch keine Lust mehr zu fragen.

Maxie ist zu Recht ärgerlich. Es ist schon anstrengend genug, ständig fragen zu müssen. Aber richtig gemein wird es, wenn der andere die Frage übelnimmt. Es könnte sein, daß Philipp einem weitverbreiteten Irrtum über die Liebe aufgesessen ist. Viele Menschen glauben, daß wahre Liebe Worte überflüssig mache. Wer mich liebt, so die Überzeugung, weiß, was ich fühle, was ich mir wünsche, kennt meine Gedanken. Ich muß es ihm nicht sagen, denn *selbstverständlich* fühlt er genauso wie ich.

Die Vorstellung, daß jemand unsere geheimsten Gedanken erraten könnte, ist den meisten eher unangenehm. Und glücklicherweise reicht die Liebe allein für solche hellseherischen Fähigkeiten nicht aus. Gerade frisch Verliebte wissen im Grunde sehr wenig voneinander. Frauen und Männer sehen viele Dinge völlig anders, und daß zwei Menschen das gleiche denken, kommt auch nur selten vor. Außerdem besteht der Reiz einer Partnerschaft ja auch darin, einen anderen Menschen, seine Gefühle und seine Weltsicht kennenzulernen. Wenn wir all das von Anfang an wüßten, wäre die Liebe vermutlich langweilig. Es ist also nicht überflüssig, sondern wichtig, miteinander zu sprechen. Besonders in der Liebe!

Diese Vorstellung hängt natürlich mit Annahmen über Gemeinsamkeiten in der Liebe zusammen. Wer glaubt, daß in der Liebe zwei Menschen einfach zu einer Einheit verschmelzen, zieht vermutlich den Schluß, von nun an müßten beide alles zusammen tun. Das ist wahrscheinlich der schnellste Weg, eine Beziehung zu beenden. Bevor es langweilig wird, fühlt sich einer von beiden so bedrängt, daß er die Flucht ergreift. Auch wenn du Teil eines Paares bist, bleibst du eine eigenständige Persönlichkeit.

Frauen- und Männerbilder

Besonders häufig stehen uns auch unsere Überzeugungen über Männer und Frauen im allgemeinen im Wege. Wenn sich ein Mädchen in einen Jungen verliebt, prallen beider Vorstellungen zur Geschlechtsrolle aufeinander. Sie hätte vielleicht nie gedacht, daß Männer solche Quasselstrippen sein können, er hat Frauen bisher für sensibler gehalten. Wenn sie es mag, daß er viel redet, ihn aber gleichzeitig für unmännlich hält, *weil* er viel redet, schafft sie sich durch ihre falsche Annahme, daß Männer wenig reden, ein Problem, das eigentlich keins ist.

Ganz *selbstverständlich* finden es viele auch, daß Liebende keine Geheimnisse voreinander haben. Nun gibt es solche Geheimnisse, die den anderen vermutlich gar nicht so brennend interessieren. Um diese Geheimnisse macht sich wahrscheinlich kaum jemand Gedanken. Er kann es erfahren und für sich behalten, es ist aber auch nicht so schlimm, wenn er es nicht erfährt. Dann gibt es Geheimnisse, für die sich außer dem Geliebten niemand interessiert: Wieso riecht sie nur so gut? Woran sie wohl denkt, wenn sie so verträumt aussieht? Woher nimmt sie nur diese komischen Geschichten? Solche Geheimnisse sind lebensnotwendig für die Liebe. Es kann gar nicht genug davon geben, deshalb erzählt euch besser nicht gleich in der ersten Woche eure ganze Lebensgeschichte. Vielleicht findet ihr einander sonst schon in der zweiten Woche uninteressant.

Besonders interessant wird es aber bei den Geheimnissen, die den anderen verletzen könnten. Was ist mit dem Ferienflirt, der gar nicht mehr wichtig ist? Soll ich erzählen, daß ich bis vor zwei Wochen in einen anderen verliebt war? Muß ich ihm sagen, mit wie vielen Jungs ich schon geschlafen habe, und hat er ein Recht auf die Namen? Natürlich ist entscheidend, was ein Paar in dieser Hinsicht miteinander vereinbart.

Die meisten Menschen glauben aber, Geheimnisse hätten in der Liebe nichts verloren. Und viele stellen womöglich irgendwann fest: «Ich hätte ihm besser nichts davon erzählt.» Es gibt natürlich keine Statistik darüber, aber es könnte durchaus sein, daß mehr Beziehungen durch zuviel Offenheit als durch zu viele Geheimnisse auseinandergehen. Das ist keine Aufforderung zur Lüge, aber eine zum Nachdenken und Miteinandersprechen: darüber, ob die ganze schonungslose und vielleicht ganz unbedeutende Wahrheit wirklich immer wichtiger ist als die Gefühle des Liebsten und eure Liebe.

Er wird sich schon ändern

Zu einem besonders großen Hindernis kann die Überzeugung werden, der Geliebte würde sich durch unsere Liebe ändern; er würde *selbstverständlich* der Mann werden, den wir uns wünschen. Natürlich verändern sich Menschen im Laufe ihres Lebens. Und natürlich haben die Menschen, die sie lieben, auf diese Veränderungen einen gewissen Einfluß. Aber jeder Mensch will für das geliebt werden, was er im Moment ist. Die Liebe kann uns dabei helfen, mutiger zu werden, Neues auszuprobieren, zu verändern, was wir schon lange verändern wollten. Aber niemand wird durch die Liebe ein ganz anderer Mensch. Und wichtiger: Nicht wir verändern den anderen, er verändert sich selbst.

Es gibt noch eine ganze Reihe solcher *Selbstverständlichkeiten*, die sich bei näherer Betrachtung als nur eingeschränkt gültig oder als völlig falsch herausstellen. Wieviel Vertrauen ist beispielsweise wirklich gut? Kann nicht eine Spur gesundes Mißtrauen ganz richtig sein? Bin wirklich ich allein dafür verantwortlich, daß mein Partner glücklich wird? Aber genug davon! Her mit den richtigen Problemen, mit den großen Schwierigkeiten. Wieviel Freiheit braucht die Liebe, wieviel Nähe, und worüber wird gestritten?

[Du + ich = wir]

Nach der Verliebtheitsphase und wenn die Anfangsschwierigkeiten bewältigt sind, wird einem Paar noch mal bewußter, daß es zusammengehört. Zwei Menschen entscheiden zusammenzusein und sind jetzt ein Paar. Was wird dadurch anders? Müssen wir etwas für eine Partnerschaft aufgeben – oder können wir einfach so bleiben wie vorher? Ist man jetzt immer zusammen – oder kann man auch mal alleine weggehen oder ohne ihn verreisen? Was ist, wenn ein Paar nicht immer die gleiche Meinung hat – wer entscheidet dann? Was ist, wenn uns am Partner etwas nicht paßt – können wir ihn ändern? In diesem Kapitel geht es um die verschiedenen Schwierigkeiten, die entstehen können, wenn aus zwei Personen ein Paar wird.

Immer zusammensein

Maxie kann es einfach nicht verstehen. Philipp hat viel zu selten Zeit für sie. Dauernd muß er zum Basketballtraining, zum Gitarrenunterricht oder Bekannten der Eltern im Garten helfen, um sich ein bißchen Geld zu verdienen. Das findet Maxie noch nicht schlimm. Aber auch wenn Philipp keine festen Termine hat, ist er oft irgendwie zu beschäftigt, um sich mit Maxie zu treffen. Wie oft schon hat Maxie sich gefreut, mal wieder einen ganzen Tag alleine mit Philipp zu verbringen, und wie oft wurde diese Hoffnung schon enttäuscht? Sie hat schon mehrmals versucht, mit ihm darüber zu sprechen, kam sich aber meist schon nach ein paar Sätzen ziemlich albern vor. Schließlich ist es ja ganz normal, nicht ständig zusammenzuhocken. Klar, daß Philipp auch anderes zu tun hat oder sich mal mit seinen Freunden treffen möchte. Und sie selber hat ja auch öfters keine Zeit für Philipp. Seit einer Weile singt Maxie zusammen mit Julia in einem A-capella-Chor. Wenn sie gemütlich mit Leyla quatschen möchte, sollte Philipp auch nicht unbedingt dabeisein. Und überhaupt geht sie öfter mit ihren Freundinnen weg. Eigentlich ist das ja genau das gleiche. Und schließlich sagt Philipp, daß er Maxie liebt. Und wenn er mal nicht so viel Zeit für sie hat, hat das gar nichts damit zu tun – sagt er. Maxie bekommt das Gefühl, daß das nur für sie ein Problem ist, daß sie einfach etwas übertreibt.

Doch dann kommen ihr wieder Zweifel: Wenn Philipp sich so wenig bemüht, sich Zeit für sie zu nehmen, ist das nicht ein Zeichen dafür, daß sie ihm nicht wichtig genug ist? Und selbst wenn Maxie und Philipp zusammen sind, kommt es vor, daß Philipp sie wenig beachtet, sondern zum Beispiel am Computer ihrer Mutter herumspielt oder sich in herumliegende Zeitschriften vertieft. Am Anfang ihrer Beziehung war es ganz anders. Da hatten sie immer ein Thema, über das sie quatschen konnten, und sie haben jede freie Minute miteinander verbracht. Liebt Philipp sie wirklich noch? Maxie verscheucht den Gedanken gleich wieder. Aber ein ungutes Gefühl bleibt.

Wieso fühlt Maxie sich so verunsichert? Vielleicht hat sie die Vorstellung, daß Menschen, die sich lieben, möglichst alles teilen: ihre gesamte Freizeit zusammen verbringen, sich mit den gleichen Freunden treffen. Ein frischverliebtes Paar kann tatsächlich nicht genug voneinander bekommen und verbringt soviel Zeit wie möglich gemeinsam. Die Zeit des ersten Verliebtseins ist eine außergewöhnliche Zeit. Wir brauchen nur wenig Schlaf, essen kaum, und die Freunde und die Familie vergessen wir beinahe. Nur der Geliebte ist wichtig, und wenn wir einmal getrennt sein müssen, erwarten wir ungeduldig das Wiedersehen.

Dann irgendwann kehrt langsam wieder der Alltag ein. Wir erinnern uns an unsere Verpflichtungen, und nicht nur das, wir merken, daß es uns wieder Spaß macht, hin und wieder etwas ohne den Partner zu unternehmen. Wenn der Partner den Abstand sucht, denken manche sofort, das sei ein Zeichen, daß er sich in der Beziehung nicht mehr wohl fühlt und sich bald trennen wird. Manchmal stimmt das auch. Aber meist bedeutet diese

Entwicklung nicht, daß man sich jetzt weniger liebt oder genug vom anderen hat – vielmehr ist es ein Zeichen, daß man sich als eigenständige Person wiederentdeckt, statt ausschließlich Teil eines Paares zu sein. Das Problem ist, daß diese Entwicklung nicht unbedingt gleich schnell bei beiden Partnern verläuft. Und häufig haben die Partner auch eine unterschiedliche Sichtweise, was es denn bedeutet, sich viel oder wenig zu sehen. Deshalb kann es vorkommen, daß der eine sich vernachlässigt fühlt, weil man sich so selten sieht – die andere fühlt sich eingeengt, weil man dauernd aufeinanderhockt. Paare haben oft verschiedene Vorstellungen, wieviel Zeit sie gemeinsam verbringen möchten und was überhaupt als gemeinsam verbrachte Zeit gilt. Möglich, daß es für Philipp gemeinsam verbrachte Zeit ist, wenn Maxie einfach in der Nähe ist, während er sich mit etwas anderem beschäftigt oder sie mit der ganzen Clique unterwegs sind. Für Maxie zählt das vielleicht nicht richtig, sondern nur die Zeit, in der sie zu zweit zusammen sind, gemeinsam etwas unternehmen oder miteinander reden. Wenn wir uns wünschen, mehr Zeit mit dem Partner zu verbringen, ist es schmerzhaft zu sehen, daß der anscheinend ganz gut ohne uns klarkommt. Leicht fühlen wir uns dann vernachlässigt und ungeliebt. Vielleicht kennen wir auch die andere Seite: Wir fühlen uns wohl in der Beziehung, und gerade weil wir dem Partner vertrauen und uns gut vorstellen können, länger zusammenzubleiben, meinen wir, daß es kein Problem sein dürfte, wieder mehr alleine zu machen, ohne die Beziehung zu gefährden. Oder es hat sich schon ein bißchen Langeweile in die Beziehung eingeschlichen, und wir suchen unbewußt mehr Abstand, um die Langeweile zu bekämpfen und die alte Spannung wiederherzustellen.

Was tun?

Wer wie Maxie gerne mehr Zeit mit dem Partner verbringen würde, sollte erst mal mit ihm darüber reden. Auch wenn das manchmal schwerfallen kann, ist es die Chance, eine gemeinsame Lösung zu finden. Zusätzlich ist es gut, wieder mehr für sich selbst zu tun. Sich wieder häufiger mit den Freundinnen treffen. Halbvergessene Freizeitaktivitäten wiederaufnehmen, sich wieder mit Bekannten verabreden, die wir lange nicht gesehen haben. Auf den ersten Blick scheint es paradox, gerade das Gegenteil von dem zu tun, was man möchte: sich seltener zu sehen statt öfter. Tatsächlich löst sich das Problem manchmal fast von selbst, wenn du wieder mehr für dich alleine machst – das Gleichgewicht ist wiederhergestellt: Beide haben ihr eigenes Leben und den gemeinsamen Bereich. Du fühlst dich wohler, weil du nicht ständig auf ihn wartest, sondern selber etwas zu tun hast. Und du gibst ihm die Gelegenheit, von sich aus wieder auf dich zuzukommen. Denn wenn einem der Partner ständig auf der Pelle hockt, hat man gar keine Gelegenheit zu spüren, wie es ist, wenn er mal nicht da ist. Wer die Chance hat, seine Sehnsucht wieder zu spüren, kann auch wieder mehr Nähe zulassen. Wenn du das Gefühl hast, der Rückzug des Partners ist tatsächlich durch nachlassendes Interesse an der Beziehung begründet, sprich auf jeden Fall mit ihm darüber. Vielleicht stellt er sich auch unter einer Partnerschaft etwas anderes vor als du. Ihr könnt das gemeinsam herausfinden, indem ihr über eure Wünsche sprecht. Erzähle ihm, wie du dich fühlst, was dir fehlt und was du dir wünschst, und frage ihn nach seinen Vorstellungen. So habt ihr die Chance, eure Beziehung zu überdenken und euer Zusammenleben neu zu gestalten.

Übrigens kann es auch außerhalb der Partnerschaft Schwierigkeiten geben, wenn ein Paar dauernd zusammenhängt: Wenn du merkst, daß du anfängst, deine Freundinnen und deine Interessen zu vernachlässigen, solltest du aufmerksam werden. Deine Freundinnen werden sich zu Recht im Stich gelassen fühlen.

Vom Hinterherlaufen und Weglaufen

Julia hat endlich den Mut gefunden, Meike ihre Liebe zu zeigen. Nie hätte sie zu hoffen gewagt, daß Meike das gleiche für sie empfindet! Julia ist völlig durcheinander und unheimlich glücklich. Julia und Meike sehen sich, sooft es geht. Auch nach drei Monaten kann Julia gar nicht genug von Meike bekommen. Täglich ruft sie bei ihr an – auch wenn sie wegen der hohen Telefonrechnung Ärger mit den Eltern bekommt. Sie schreibt seitenlange Liebesbriefe, und wenn sie bei Meike zu Besuch ist oder etwas mit ihr unternimmt, läßt sie sie keinen Moment alleine. Irgendwann beschleicht sie die Ahnung, daß Meike das zuviel wird. Manchmal scheint sie so abweisend, oder sie hat wichtige Termine, weshalb sie sich nicht mit Julia treffen kann. Und je mehr Julia Meikes Nähe sucht, desto mehr geht sie auf Abstand. Außerdem möchte sie nicht mit Julia in der Öffentlichkeit schmusen. Und sie tut alles, um ihre Eltern in dem Glauben zu lassen, Julia sei einfach eine gute Freundin.

Auch Julia und Meike haben unterschiedliche Vorstellungen darüber, wieviel oder wie wenig Zeit sie miteinander verbringen wollen. Das Problem scheint allerdings etwas schwerwiegender zu sein. Julia ahnt es schon: Meike fühlt sich bedrängt, weil Julia in ihrer Verliebtheit ständig mit Meike zusammensein will und damit zuviel des Guten tut. Und wenn Meike sich dann ein wenig von ihr entfernt, ist das für Julia erst recht ein Anlaß, Meike ihre Liebe zu zeigen. Manchmal entwickelt sich in einer Beziehung ein eigenartiger Mechanismus – in der klassischen Rollenverteilung sieht das so aus: Das Mädchen möchte mehr Nähe – den Partner öfter sehen, mehr körperliche Nähe, mehr Gemeinsamkeit. Und vor allem: Sie wünscht sich mehr Liebesbeweise von ihm. Sie nimmt an, wenn sie ihm ständig zeigt, wie sehr sie ihn liebt, wird er das auch tun. Das kann genau die gegenteilige Wirkung haben: Der Junge fühlt sich bedrängt und unter Druck gesetzt, er denkt vielleicht: «Was will sie denn? Ich liebe sie doch, aber sie kann mich nie in Ruhe lassen.» Er hat das Gefühl, daß sie ihn erdrückt und zuviel von ihm verlangt, und wird wahrscheinlich reagieren, indem er noch etwas mehr auf Abstand geht. Daraufhin hat sie dann das Gefühl, daß er sie nicht genug liebt. Sie hat Angst, verlassen zu werden – und versucht ihn festzuhalten, indem sie alles für ihn tut und immer für ihn da ist. Daraufhin entfernt er sich noch mehr von ihr und so weiter ... Die Rollen können auch umgekehrt verteilt sein, aber durch die unterschiedliche Erziehung von Jungen und Mädchen ist es häufiger so, daß Frauen und Mädchen sich vernachlässigt fühlen, während Jungen und Männer sich bedrängt fühlen.

Den Teufelskreis durchbrechen

Und was können wir tun, um den Teufelskreis zu durchbrechen? Wenn wir das Gefühl haben, daß der Partner sich bedrängt fühlt, ist es ungünstig, auf seinen Rückzug mit noch mehr Liebesbeweisen zu reagieren. Wenn wir spüren, daß die Nähe dem Partner zuviel wird, sollten wir ihn erst mal in Ruhe lassen. Für die, die sich vernachlässigt fühlt, ist es gut, sich mehr auf sich selbst zu konzentrieren, ihre eigenen Bedürfnisse unabhängig von ihm

wahrzunehmen und zu verwirklichen. Mit Freunden wegzugehen, etwas tun, wozu sie schon lange Lust hatte. Damit läßt sie ihm gleichzeitig den Raum, den er braucht, und die Möglichkeit, wieder auf sie zuzugehen. Auch wer in der Partnerschaft mehr Abstand braucht, kann etwas tun. Wer sich vom Partner oder der Partnerin bedrängt fühlt, neigt häufig dazu, sich durch Ausreden Freiräume zu verschaffen. Wer genug hat von den ewigen Klagen und Diskussionen, sagt gerne erst mal zu allem «ja», wenn der Partner eine gemeinsame Unternehmung vorschlägt, nur um Ruhe zu haben. Und wenn es dann soweit ist, findet er meist doch noch etwas, was ihm leider dazwischengekommen ist. Damit ist die schlechte Stimmung schon vorprogrammiert. Um das zu vermeiden, sollten wir erst mal auf uns selbst und die eigenen Gefühle achten. Wenn wir dann dem Partner mitteilen, daß wir mehr Zeit für uns alleine brauchen, werden wir vielleicht keine Begeisterung ernten, aber er weiß, woran er ist. So kann er sich besser darauf einstellen und seine Zeit für sich verplanen, statt ständig zu warten und zu hoffen, daß wir Zeit für ihn haben.

In der Geschichte von Julia und Meike gibt es eine zusätzliche Schwierigkeit, die manche homosexuellen Paare haben. Es können Probleme entstehen, wenn die eine nicht zu ihrer Homosexualität steht und die andere sich dadurch abgelehnt fühlt. Dafür haben lesbische Paare den Vorteil, daß sie sich nicht mit der Rollenverteilung zwischen Mann und Frau herumschlagen müssen. Wer dazu neigt, den Geliebten oder die Geliebte geradezu mit Liebe zu überschütten, sollte versuchen, sich ein kleines bißchen zu bremsen, um dem anderen die Gelegenheit zum Reagieren zu geben.

Wer bestimmt eigentlich?

Wenn Maxie mit ihren Freundinnen etwas unternimmt, ist es im allgemeinen unkompliziert, eine Entscheidung zu treffen, was sie machen wollen. Vielleicht sagt Leyla, sie hätte Lust, in die Disco zu gehen, Julia

möchte lieber ins Kino, und Maxie hätte zu beidem Lust, möchte aber nicht schon wieder so einen kitschigen Liebesfilm sehen. Dann geht es manchmal eine Weile hin und her, weil jede den anderen die Wahl überlassen möchte. Aber irgendwann kommen dann alle drei zu einer gemeinsamen Entscheidung. Mit Philipp kommt es Maxie schwieriger vor. Ist es nicht so, daß Philipp häufig das, was er vorschlägt, auch unbedingt machen will und keine andere Möglichkeit für ihn in Frage kommt? Hat Maxie nicht schon oft genug versucht, etwas vorzuschlagen und gleichzeitig auch Philipp Gelegenheit zu geben, seine Meinung zu sagen? Und hat es nicht meistens dazu geführt, daß ihr Vorschlag ignoriert wurde? Oder gibt Maxie zu schnell nach? Auf jeden Fall klappt es nicht so ohne weiteres, einen Kompromiß zu finden. Oft erscheint es Maxie so, daß Philipp sowieso das machen wird, was er vorschlägt, und sie hat nur die Entscheidung, mitzukommen oder nicht. Maxie glaubt trotzdem, daß sich dafür eine Lösung finden müßte. Jedenfall macht es ihr Hoffnung, daß einige ihrer Freundinnen sich offenbar ganz gut mit ihren Wünschen durchsetzen können. Was ihr mehr Sorgen bereitet, ist, daß sie sich auch sonst manchmal ohnmächtig fühlt, weil Philipp oft einfach für sich alleine entscheidet und dabei nicht an Maxie denkt. Sie möchte natürlich nicht über ihn bestimmen, aber wünscht sich, daß er sie mit einbezieht, wenn er etwas entscheidet, was auch sie betrifft. Vor allem, daß er sie mehr an seinen Gefühlen und Wünschen teilnehmen läßt. Philipp sieht das anders. Er weiß gar nicht, wo das Problem ist. Wenn Maxie einen konkreten Vorschlag hat oder wenn sie etwas stört, kann sie es ja schließlich sagen. Maxie fühlt sich hilflos – immer ist es Philipp, der die Bedingungen festlegt.

Daß ein Partner befiehlt und der andere gehorcht, wäre eine sehr extreme Verteilung der Macht. Aber ist es möglich, daß alle Entscheidungen von beiden gemeinsam getroffen werden und keiner über den anderen bestimmt? In der Realität ist es oft gar nicht so leicht zu erkennen, wer ‹das Sagen hat› oder zumindest sich öfter mit seiner Meinung durchsetzen kann. Vielleicht haben beide das Gefühl, daß sie ständig nachgeben. Oder von außen sieht es so aus, als ob er nichts zu melden hat, und sie hat zwar eine große Klappe, gibt aber trotzdem immer nach. Oder beide haben – wie Maxie und Philipp – unterschiedliche Vorstellungen davon, was es heißt, gemeinsam zu entscheiden. Maxie möchte, daß beide zur Entscheidungsfindung beitragen und aufeinander Rücksicht nehmen, indem sie sich schrittweise einer Möglichkeit annähern – Philipp findet es normal zu sagen, was er will, und er glaubt, daß Maxie es schon sagt, wenn sie etwas anderes möchte.

Vielleicht hilft Maxie tatsächlich das, was Philipp vorschlägt: Wenn sie konkret sagt, was sie möchte oder was sie stört. Das kann z. B. die Freizeitgestaltung betreffen. Unter Umständen ist es einfach zu vage zu sagen: «Laß uns am Wochenende was zusammen machen.» Der Partner nimmt das vielleicht nicht als Aufforderung wahr, einen Vorschlag zu machen, sondern vielleicht als undefinierbare Andeutung, die nicht unbedingt wichtig ist. Möglich, daß Maxie mehr Erfolg mit einem konkreten Vorschlag inclusive Ort und Uhrzeit hätte. Genauso klar benennen sollten wir es, wenn uns etwas in der Beziehung stört. Viele Frauen und Mädchen haben verlernt, deutlich zu sagen, was sie wollen, und versuchen, eher mit Andeutungen zum Ziel zu kommen. Und diese Andeutungen werden von Jungs und Männern oft nicht verstanden, weil sie es gewohnt sind, Klartext zu reden. Wenn ein Mädchen in Andeutungen redet, haben manche Jungs auch leicht das Gefühl, manipuliert zu werden, denn sie haben das Vorurteil im Kopf, daß Mädchen mit «den Waffen der Frauen» kämpfen, wenn sie etwas durchsetzen wollen. Das heißt, ihn um den Finger wickeln, ihm zu schmeicheln und ihn verwöhnen, so daß er «ganz freiwillig» macht, was sie will. Manche Frauen und Mädchen setzen vielleicht tatsächlich solche Methoden ein. Möglicherweise aus Angst, abgewiesen zu werden, wenn sie deutlich ihre Meinung sagen oder Forderungen stellen. Wer es ausprobiert, wird feststellen, daß klar auszusprechen, was man möchte, nicht nur ehrlicher ist, sondern auch zu einer besseren Verständigung zwischen den Partnern beiträgt.

Geben und nehmen

Geben und nehmen können wir in einer Beziehung vieles: Zuneigung, Zärtlichkeit, Verständnis, Unterstützung, Liebe; wir können zuhören, wenn der Partner Probleme hat, ihm bei Schwierigkeiten helfen, für ihn dasein, wenn er sich schlecht fühlt. Geben und Nehmen hat in einer Partnerschaft viel mit Liebe und emotionaler Unterstützung zu tun, kann aber durchaus auch materiell sein: in Form von Geschenken oder Leihen von Geld. Wer in einer Beziehung wieviel gibt und nimmt, läßt sich nicht messen. Es geht auch nicht darum, einen Handel zu machen nach dem Motto: Wenn du für mich das tust, mache ich für dich jenes. Trotzdem – wenn einer sehr viel mehr gibt, der andere viel mehr nimmt, fühlen sich häufig beide schlecht: einer ausgenutzt, der andere abhängig.

Ihm zuliebe ...

Manche Menschen wollen es dem Partner in allem recht machen. Sie sind glücklich, wenn er glücklich ist. Sie wollen total mit dem Partner verschmelzen. Vielleicht fühlen sie sich so erst mal ganz wohl. Sie fühlen sich gebraucht, und ihr Leben hat einen Sinn. Aber nach und nach merken sie gar nicht mehr, was sie eigentlich selber wollen, haben keine eigene Meinung mehr. Sie geben sich selber auf – und je mehr sie sich als eigene Persönlichkeit auflösen und fast zum Nichts werden, desto weniger gibt es, was der Partner an ihnen lieben könnte. Aus Angst, der Partner könnte sie verlassen, versuchen sie sich noch stärker anzupassen und zu erahnen, was der Partner möchte – und erreichen damit nicht, daß er sie mehr liebt, sondern eher, daß er sie uninteressanter findet und sie vielleicht sogar ausnutzt.

So extrem ist es sicher selten, aber wer zu stark auf die Wünsche und Vorstellungen des Partners eingeht und sich selbst dabei vergißt, lebt gefährlich: Leicht gerät man so in den Teufelskreis, sich immer weniger zuzutrauen, sich immer kleiner zu fühlen und dadurch immer abhängiger vom Partner zu werden. Die Angst, den Partner zu verlieren, wird immer größer. Der Verlust des Selbstwertgefühls und die gleichzeitige Abhängigkeit vom Partner können eine Erklärung dafür sein, warum manche Frauen selbst dann beim Partner bleiben, wenn er gewalttätig wird. Wer nicht mehr alleine aus dem Teufelskreis herauskommt, sollte sich Hilfe bei Freunden oder in einer Beratungsstelle holen.

Natürlich können wir trotzdem dem Partner einen Gefallen tun oder ihm zuliebe etwas machen, was wir sonst nicht getan hätten. Aber wir sollten ein Gefühl dafür entwickeln, wann es zuviel ist und wir uns selbst dabei verlieren.

Er wird sich schon ändern . . .

Leyla findet Alex toll. Er sieht gut aus, ist witzig und charmant und meist gut gelaunt. Nur daß Alex dauernd mit so seltsamen Typen rumhängt, nervt Leyla an ihm. Sie findet, er läßt sich zu sehr von ihnen beeinflussen. Zum Beispiel schwänzt er mit ihnen zusammen die Schule und trinkt wohl auch manchmal zuviel Alkohol. Aber so eng sieht sie das auch wieder nicht – sie ist sich sicher, daß sie ihn schon davon wegkriegen wird. Wahrscheinlich ist er an diese Kumpels geraten, als er schlecht drauf war und gerade keine Freundin hatte. Jetzt, wo er mit ihr – Leyla – glücklich ist, hat er diese Typen doch nicht mehr nötig!

Vielleicht sehen wir es von Anfang an, vielleicht fällt es uns erst später auf: Der Geliebte ist wirklich ganz toll, und wenn er noch diese winzige Kleinigkeit ändern würde, wäre er geradezu perfekt. Erst mal stört die Kleinigkeit nicht weiter – schließlich sind wir verliebt und wirklich mit anderem beschäftigt, als uns darum zu kümmern. Aber nach und nach wird die Kleinigkeit größer und kann zum Problem werden. Wenn er nur nicht so verschwenderisch wäre, sie nicht so schweigsam, wenn er endlich mit dem

Rauchen aufhören oder sie sich ein bißchen anders anziehen würde – dann könnten wir wirklich glücklich sein. Es ist auch eine Herausforderung. Werden wir uns nicht toll fühlen, wenn wir es geschafft haben, ihn vom Trinken wegzubringen, ihn vor dem Einfluß seiner rücksichtslosen Freunde zu schützen oder zu bewirken, daß er sich in der Schule mehr anstrengt, damit er einen guten Abschluß schafft? Das alles wäre schließlich auch in seinem Interesse, er braucht nur jemanden, der ihm dabei hilft, und am Ende wird er dankbar dafür sein. Wir können uns viel ausdenken, was unserer Meinung nach das Beste für den Partner wäre, aber ändern können wir ihn nicht. Jeder ist, wie er ist. Aber Menschen ändern sich doch, könnte man jetzt einwenden. Klar, aber sie ändern sich, wenn sie dazu bereit sind, und so, wie sie es wollen. Jeder muß für sich selber die Verantwortung übernehmen, selbst wenn er sich – von außen betrachtet – damit nur selber schadet.

Besonders problematisch ist es, wenn jemand versucht, den anderen von Alkohol oder Drogen abzubringen. Das ist grundsätzlich anders, als zu versuchen, ihm eine kleine, nervige Marotte abzugewöhnen. Vor allem, wenn der Partner bereits von einem Suchtmittel abhängig ist, neigen wir leicht dazu, Verantwortung für sein Leben zu übernehmen, in dem Glauben, wir könnten ihm damit helfen. Wir haben das Gefühl, ihn damit retten zu können. Das Gegenteil ist der Fall. Um sich von einer Abhängigkeit zu befreien, ist es notwendig, dies wirklich zu wollen – und das erfordert einen starken Leidensdruck. Wenn wir dem Partner Verantwortung für sein Leben abnehmen, erreichen wir damit nur, daß er ganz gut so weiterleben kann wie bisher – mit der Droge, mit dem Alkohol.

Wenn dein Partner Eigenschaften oder Gewohnheiten hat, die dich stören, hoffe nicht darauf, daß er sich dir zuliebe ändern wird: Du mußt abwägen, ob du damit leben kannst, wie dein Partner nun mal ist – oder ob du das nicht kannst und dich lieber trennst. Das heißt nicht, daß du alles hinnehmen sollst, was dich an deinem Partner nervt. Du kannst natürlich sagen, wenn dich etwas stört. Am besten bleib dabei bei deinem Gefühl: Beschreibe die Situation, in der du dich schlecht fühlst, statt dem Partner Vorwürfe zu machen und ihn aufzufordern, sich zu ändern. Versuche, ihm deine Enttäuschung, deine Traurigkeit oder deine Wut verständlich zu machen, und versuche zu verstehen, wie es ihm geht. Dann habt ihr am ehesten die Chance, zu einer Annäherung und einer Lösung zu kommen.

Die Balance finden

«Tschüs, Philipp, ich treff mich gleich mit den anderen zum Rollerskatesfahren. Wir sehen uns dann morgen nachmittag!» Seit Maxie und Philipp darüber geredet haben, klappt es besser mit ihrer Zeiteinteilung. Maxie hat sich endlich getraut, offen über ihre Ängste und ihre Erwartungen zu sprechen. Zuerst hat Philipp nicht ganz verstanden, um was es ihr ging. Nach einigem Hin und Her kamen sie dann zu dem Entschluß, daß sie sich etwas seltener treffen würden, aber wenn sie sich sehen, auch wirklich gemeinsam etwas zu machen und nicht nur nebeneinander her. Außerdem haben sie ausgemacht, es jetzt immer gleich anzusprechen, wenn sie etwas stört. Maxie ist froh darüber und hat das Gefühl, daß sie sich wieder nähergekommen sind, auch wenn sie sich weniger sehen.

Haben Maxie und Philipp jetzt ihre Probleme gelöst? Für immer und ewig sicher nicht. Aber sie sind einen Schritt weitergekommen. Sie haben miteinander über ihre Wünsche und Schwierigkeiten gesprochen und haben Vereinbarungen getroffen. Maxie hat sich ein bißchen von ihrem alten Ideal gelöst, als Paar miteinander zu verschmelzen.

Philipp sieht stärker, daß er und Maxie zusammengehören. Beide ahnen zwar, daß es immer wieder Schwierigkeiten geben wird, aber sie sind zuversichtlich, daß sie sie lösen können. Wie jedes Paar sind Maxie und Philipp zwei eigenständige Personen mit ihren Charakterzügen und Eigenheiten, ihren Zielen und Wünschen und ihren Entscheidungen über ihr Leben. Wenn diese beiden eine Verbindung miteinander eingehen, verändert sich etwas. Sie sind zwar immer noch die zwei Personen, die sie vorher waren, trotzdem bilden sie eine neue Einheit.

Vorher weiß keiner, wie diese Einheit aussehen wird. Beide bringen etwas von sich ein, und beide machen Kompromisse. Wie wir gesehen haben, kann das jede Menge Schwierigkeiten mit sich bringen: wenn nur einer bestimmt, wo's langgehen soll, oder einer nur noch Teil des Paares ist und nicht mehr er selbst. Und wenn beide in völlig verschiedene Richtungen gehen würden, könnte das Paar nicht bestehen. Ob wir uns als Paar wohl fühlen, hängt auch davon ab, ob das, was wir aufgeben, und das, was wir bekommen, in einem angemessenen Verhältnis stehen und beide gleichmäßig an der Gestaltung der Partnerschaft teilnehmen. An die Vorstellung eines Liebespaares sind für viele stark die Vorstellung und der Wunsch gebunden, zu einer Einheit zu verschmelzen. Andererseits möchte sich auch niemand völlig selbst aufgeben und aufhören, als Person zu existieren. Die beste Voraussetzung für ein Paar ist, wenn es aus zwei selbständigen Personen besteht, die zusammen sind, weil sie zusammensein *wollen*. Je unsicherer ein Partner ist, desto mehr Angst hat er, daß der andere ihm weglaufen könnte. Wenn beide Partner selbstbewußt genug sind, sich nicht so leicht verunsichern lassen und einander vertrauen, können sie sich gegenseitig die Freiheit lassen, die sie brauchen. Aber auch wenn wir einmal das Gleichgewicht gefunden haben, mit dem sich beide wohl fühlen, gibt es keine Garantie, daß das auch so bleibt. Immer wieder muß neu ausbalanciert und ausgehandelt werden, wieviel Zeit man miteinander verbringt, wie Entscheidungen getroffen werden und wieviel Freiheit jeder hat. Eine Partnerschaft ist ein Prozeß – sie entwickelt sich ständig weiter.

Treue und

Treue und Untreue, Eifersucht und Angst, den anderen zu verlieren – in den meisten Liebesbeziehungen stehen diese Themen irgendwann einmal im Vordergrund. Kein Wunder, denn wenn ein Partner nicht treu ist, ist er dann überhaupt ein Partner? Sind wir dann noch ein Paar?

Die meisten Menschen sind sich einig darüber, daß Treue in einer Partnerschaft wichtig ist. Die Geister aber unterscheiden sich darin, was genau unter Treue zu verstehen ist. Logisch, daß man jemandem nicht an der Nasenspitze ansieht, ob er treu ist. Aber läßt sich Treue überhaupt erkennen – wie Zärtlichkeit oder Lust? Und wenn ja, woran? Daran, was jemand tut oder sagt, oder vielleicht doch an den ehrlichen Augen? Oder erkennen wir es nur daran, daß jemand nicht untreu ist?

Untreue ist das Gegenteil von Treue, und hier wird's interessant. Wer einen Freund hat und mit einem anderen schläft, ist untreu. Aber ist das schon alles? Dürfen wir mit einem anderen flirten, wenn wir einen Freund haben? Dürfen wir einen anderen küssen, umarmen, und was ist mit Petting? Dürfen wir uns in einen anderen verlieben, an einen anderen denken? Wo fängt Untreue an?

Wie wichtig ist Treue wirklich? Kann eine Beziehung weitergehen, wenn einer von beiden untreu war? Wie kommt man über die Affäre des Partners hinweg? Und was ist, wenn wir selbst untreu waren?

Untreue]

Untreue löst einen Sturm von Gefühlen aus: Verletzung, Trauer, Scham, Wut. Eines dieser Gefühle wollen wir im nächsten Abschnitt näher betrachten. Es hat mit Untreue zu tun, aber vor allem mit der Angst vor Untreue, der Angst verlassen zu werden: Eifersucht.

Beim Wort Treue denken wir vor allem an Treue in Liebesbeziehungen, sexuelle Treue. Aber können wir auch von einer guten Freundin eine gewisse Treue erwarten, die mit Sex gar nichts zu tun hat? Bevor wir uns mit Eifersucht, Affären und Untreue in der Liebe beschäftigen, wollen wir uns deshalb kurz der Freundschaft widmen. Wie halten es Maxie und Leyla mit der Treue?

Die beste Freundin

Maxie und Leyla sind Freundinnen. Maxie ist auch mit Julia befreundet und mit Katja und Jessica auch. Leyla kennt sie schon seit der ersten Klasse. Sie ist ihre beste Freundin. Leyla und Maxie gehen zusammen in die Disco oder ins Kino, Schlittschuh laufen oder baden. Sie verbringen einen großen Teil ihrer Freizeit miteinander. Sie reden miteinander über alltägliche Dinge, Ärger in der Schule, aber auch über ihre ersten Erfahrungen mit der Liebe oder dem Streß mit den Eltern. Sie lachen miteinander, und eine tröstet die andere, wenn es ihr schlechtgeht. Bisher war das immer so.

Seit Leyla mit Alex zusammen ist und Maxie mit Philipp, gibt es einige Probleme zwischen den Freundinnen. Es fing damit an, daß Maxie viel weniger Zeit für Leyla hatte. Seit sie Philipp kennt, ist Maxie auch in der Schule schlechter geworden. Neuerdings ist Leyla in allen Fächern besser als sie. Letzte Woche haben sie sich wegen der Englischarbeit richtig gestritten. Maxie war sauer, weil ihr nur ein Punkt zur vier fehlte. Schon die zweite fünf, und das Schuljahr hat gerade erst angefangen. Leylas Kommentar zu diesem Pech war dann auch noch, Maxie habe wohl während der Arbeit an Philipp gedacht. Blöde Bemerkung!

Was diese Geschichte mit Treue zu tun hat? Bisher wenig. Maxies Freundschaft mit Leyla wird im Moment auf eine Probe gestellt. Bevor beide einen Freund hatten, waren sie neben der Familie die wichtigsten Personen füreinander. Sie kennen sich schon sehr lange und sind seit über fünf Jahren befreundet. Anders als bei Eltern und Geschwistern haben sie sich für die Freundin selbst entschieden. Als Freundinnen sind sie einander seitdem treu.

Einiges, was für die beiden ganz selbstverständlich zu einer Freundschaft gehört, läßt sich auch mit dem Wort Treue zusammenfassen. Sie verbringen ihre Freizeit zusammen. Damit teilen sie ein Stück ihres Lebens, nicht rein zufällig oder weil man sie dazu zwingt – nein, freiwillig. Die eine kann sich darauf verlas-

sen, daß die andere ein Teil ihres Alltags ist, sie versteht, gern hat und ihr beisteht, wenn es nötig ist.

Freundschaften und Liebesbeziehungen

Seit sie Philipp kennt, ist die Beziehung zu Leyla für Maxie etwas anders geworden. Wenn sie ehrlich ist, ist Philipp im Moment wichtiger. Leyla geht es mit Alex vermutlich ähnlich. In gewisser Hinsicht sind sie einander damit untreu, in anderer Hinsicht nicht. Leyla ist vielleicht sauer auf Maxie, weil sie sich zurückgesetzt fühlt – sie kommt jetzt eben erst nach Philipp. Wahrscheinlich ist sie auch ein bißchen eifersüchtig. Andererseits fühlen sich beide nach wie vor als Freundinnen. Das hat sich nicht geändert. Sie sehen sich seltener, aber sie können immer noch miteinander über alles mögliche reden. In letzter Zeit sind sogar einige neue Themen hinzugekommen, die sie nur mit der besten Freundin besprechen.

Mädchenfreundschaften leiden leider oft sehr darunter, wenn sich eine von beiden verliebt. Zum Teil kommt das sicher daher, daß viele Mädchen dann tatsächlich ihre Freundschaften sehr vernachlässigen und glauben, der Freund sei nun für ihr ganzes Glück zuständig. Wahrscheinlich spielt dabei aber auch eine Rolle, daß Freundschaften zwischen Mädchen häufig besonders eng sind und damit auch mehr Eifersucht im Spiel ist. Besonders schwierig wird es, wenn «die beste Freundin» ein Junge ist.

Es wäre interessant zu beobachten, wie Maxie und Leyla damit zurechtkommen, daß sich ihre Freundschaft verändert. Bietet Leyla Maxie ihre Hilfe an, wenn es in der Schule schlechte Noten hagelt? Nimmt Maxie die Hilfe an? Hört Maxie Leyla zu, wenn es Probleme mit Alex gibt, ist sie auf ihrer Seite? Sind beide sicher, daß ein Streit nicht das Ende ihrer Freundschaft ist? Kann sich Leyla weiter auf Maxies Verschwiegenheit verlassen und Maxie darauf, daß Leyla Zeit für sie hat, wenn sie eine Freundin braucht? Dann könnten wir wohl sagen, daß sie einander treu sind.

Treue bedeutet Verläßlichkeit, sich einer Bindung mit einem Menschen sicher zu sein, zueinander zu stehen. Untreu sind wir immer dann, wenn wir einen Menschen im Stich lassen, der sich auf diese Bindung verläßt. Deshalb gibt es Untreue nicht nur in Liebesbeziehungen. Treue ist in Freundschaften wichtig, aber auch in der Familie oder anderen Beziehungen. Diese Form von Treue wird leider oft übersehen, denn bei Treue denken wir vor allem an sexuelle Treue.

Bevor wir uns aber den Affären und ihren Folgen widmen, noch ein paar Worte über den Zweifel an der Treue des anderen: Eifersucht.

Eifersucht

Alex tanzt mit Sophie. «Wie er sie ansieht. Mir reicht's. Ich gehe. Kommst du mit?» Leyla zieht Maxie am Ärmel. «Du spinnst. Sie haben doch nur getanzt. Was ist denn nur los mit dir?» fragt Maxie, während sie ihre Fahrräder zwischen den vielen anderen Rädern suchen. «Getanzt, ja – aber wie! Sophie weiß, daß Alex mit mir zusammen ist,

aber es ist ihr völlig egal.» «Da könntest du recht haben, aber ich finde, du übertreibst es etwas mit deiner Eifersucht. Er ist ja schließlich mit dir zusammen, weil du ihm besser gefällst als sie.» «Ach, und warum hat er sich dann seit zwei Tagen nicht bei mir blicken lassen? Und heute kreuzt er hier auf, begrüßt mich kaum und tanzt dann mit Sophie?» Maxie seufzt. Natürlich ist da etwas dran. Aber Leyla tut fast so, als hätten die beiden mindestens vor ihren Augen herumgeknutscht. Sie haben nur getanzt. Nicht mehr. Andererseits kann Maxie Leylas Eifersucht verstehen. Alex zeigt wirklich sehr deutlich, wenn ihm ein Mädchen gefällt. Und Sophie gefällt ihm. Da ist Maxie sicher.

Leyla ist wütend, verletzt, und sie hat Angst, Alex könnte sie verlassen. Gleichzeitig weiß sie, daß sie ungerecht ist, sie will aber ungerecht sein. Vielleicht stellt sie sich vor, wie Alex Sophie berührt und küßt. Sie leidet unter dieser Phantasie, sie kann aber auch nicht aufhören, daran zu denken. Sie fühlt sich abhängig von Alex, ohnmächtig und betrogen. Deswegen ist sie auch wütend. Sie weiß, daß sie übertreibt, sich nicht mehr unter Kontrolle hat, und deswegen schämt sie sich. Angst, Wut, verletzter Stolz, Scham, Ohnmacht – all diese Gefühle gehören zur Eifersucht.

Angst, den Geliebten zu verlieren

Leylas Eifersucht ist verständlich. Sie spürt, daß Alex Sophie anziehend findet. Das genügt schon. Eifersüchtig reagieren wir dann, wenn wir Angst haben, einen geliebten Menschen zu verlieren. Das muß gar nicht unbedingt der Freund sein. Die meisten erleben Eifersucht bereits als Kinder. Da ist das Kind, das von der Lieblingserzieherin vorgezogen wird, der kleine Bruder, der plötzlich zur Familie dazukommt, das andere Mädchen, mit dem sich die beste Freundin jetzt häufig verabredet. Eifersucht ist also nichts Neues für uns, und trotzdem können wir uns kaum dagegen wehren.

Auch wenn wohl alle Menschen diese Gefühle kennen – Eifersucht ist nicht gleich Eifersucht. Manchmal sind wir in bestimmten Phasen einer Partnerschaft besonders eifersüchtig: wenn gerade alles schiefläuft, wir uns selbst nicht mögen und es besonders schlimm wäre, gerade jetzt den Liebsten zu verlieren. Vielleicht bist du auch besonders zu Beginn einer Beziehung eifersüchtig, weil du sehr verliebt bist, aber noch nicht weißt, ob du ihm vertrauen kannst. Solange du nicht übertreibst, sind solche eifersüchtigen Phasen normal.

In bestimmten Situationen reagieren die meisten Menschen eifersüchtig: der Urlaubsflirt, längst vergessen, aber heftig, der One-Night-Stand, ein zu stürmisch ausgefallener Geburtstagskuß, eine Verabredung mit der verflossenen Freundin. Er denkt überhaupt nicht daran, dich deswegen zu verlassen, aber du bist trotzdem eifersüchtig. Und auch das ist, in Maßen, normal. Eifersucht ist auch eine Art Alarmglocke für die Liebe. Und Alarmglocken läuten eben, bevor es ernst wird.

Schwieriger ist es, wenn mehrere kleine Anzeichen darauf schließen lassen, daß der Partner das Interesse verliert. So ähnlich ist es vermutlich auch bei Leyla. Wenn es keinen überzeugenden «Beweis» dafür gibt, daß der andere sich abwendet, kann Eifersucht auch sehr quälend sein: Wir suchen nach weiteren Anzeichen und hoffen gleichzeitig, keine zu finden. Auf Freunde wirken wir dann übertrieben eifersüchtig.

Manche übertreiben es tatsächlich damit. Und Eifersucht fühlt sich dann nicht nur für einen von beiden schrecklich an. Ständige Vorwürfe, Mißtrauen, Drohungen, kontrollierte Terminkalender – das erträgt niemand lange. Übertriebene Eifersucht beruht vor allem auf einem geringen Selbstwertgefühl. Wer sich selbst überhaupt nicht liebenswert findet, glaubt dem Partner die Liebesbeteuerungen nicht. Die Angst, verlassen zu werden und nie wieder geliebt zu werden, ist bei Menschen mit wenig Selbstvertrauen größer.

Eifersucht und Liebe hängen zusammen. Wer einen Menschen liebt, hat auch Angst, ihn zu verlieren. Deshalb erwarten wir von unserem Liebsten auch eine Spur von Eifersucht. Es ist für uns ein Zeichen dafür, daß wir ihm wirklich etwas bedeuten. Wie viele solche Zeichen du brauchst, hängt ebenfalls vom Selbstbewußtsein ab. Ein bißchen möchte fast jeder, durchgewühlte Schubladen finden die meisten aber lästig.

Selten sind in einer Beziehung beide gleichermaßen eifersüchtig. Eifersucht liefert Informationen darüber, wer in der Beziehung zur Zeit mächtiger und wer abhängiger vom anderen ist. Je stärker die Eifersucht, um so größer die Abhängigkeit. Manche Eifersuchtsprobleme verschwinden von allein, wenn man den anderen besser kennengelernt oder eine persönliche Krise überwunden hat. Häufig weiß man sich aber keinen Rat mehr, weil Eifersucht Liebe zerstören kann. Dann kann es helfen, die Probleme einmal mit einem Außenstehenden zu besprechen.

Von der Eifersucht zu den Affären. Wie geht es weiter, wenn es wirklich eine andere oder einen anderen gab?

Affären

Eigentlich hatten Maxie und Philipp die Idee gehabt, in den Osterferien mit ein paar Freunden zu zelten. «Nein, Maxie, die Reise mit dem Chor ist schon bezahlt. Jetzt fährst du auch mit», entschied Paul. Also gut.

Eher maulend zog Maxie los. Nach zwei Tagen Amsterdam mit Julia, Meike und den anderen Mädchen war Philipp fast vergessen. Und dann war da noch Fabian. Fabian und ein paar andere Jungs wohnten in derselben Jugendherberge. Fabian war völlig anders als Philipp: lustig, blond und überhaupt nicht schüchtern. Am dritten Tag regnete es, und sie machten sich einen netten Abend in der Jugendherbergsküche. Irgendwann saß Maxie einfach auf Fabians Schoß. Aufregend waren die folgenden Tage mit Fabian. Auch wenn es nicht zu viel mehr als Knutscherei und Händchen haltend durch die Stadt laufen gekommen ist.

Jetzt ist sie ganz froh, daß sie nicht weiter gegangen ist. Obwohl sie schon Lust dazu gehabt hätte. Sie muß aber Philipp davon erzählen, denkt sie. Vielleicht kann sie das Ganze noch ein bißchen herunterspielen. Wie soll sie beginnen? «Philipp, ich muß dir was sagen»? Nach einer solchen Ankündigung muß er ja etwas Schlimmes erwarten. Und wie soll sie es eigentlich erklären? «Das hat nichts mit uns zu tun» klingt albern und stimmt ja auch nicht. «Er war so erfrischend anders als du. Das hat mich angemacht», wäre zwar die Wahrheit. Aber ist das nicht etwas hart? In zwei Stunden ist sie mit ihm verabredet. Was soll sie ihm nur sagen?

War Maxies Affäre überhaupt schon eine Affäre? Geschlafen haben die beiden nicht miteinander. Sie haben geschmust und herumgeknutscht, und Maxie hatte Lust auf mehr. Für sie ist das Untreue. Und für Philipp auch, da ist sie sicher. Wie konnte ihr das passieren? Liebt sie Philipp womöglich gar nicht richtig?

Maxie und Philipp finden Treue für ihre Beziehung wichtig. Bisher hat Maxie vermutlich gedacht, Treue sei kein Problem für sie. Sie liebt Philipp, und Sex mit ihm macht ihr Spaß. Trotzdem war sie untreu.

Versuchungen

Es gibt viele falsche Ideen über Liebe, Treue und Sex. Weit verbreitet ist die Vorstellung, daß mit dem Beginn einer Liebesbeziehung alle anderen Menschen automatisch ihre erotische Ausstrahlung verlieren. Dann wäre es natürlich einfach mit der Treue. Wer niemanden außer dem einen attraktiv findet, kommt erst gar nicht in Versuchung. Leider – oder zum Glück – gibt es diese Versuchungen auch weiterhin. Wer ihnen widersteht, ist treu, wer ihnen nachgibt, untreu. Natürlich verlieben sich die meisten Menschen leichter, wenn sie keinen Partner haben – einfach, weil sie einen suchen. Wer gerade einen Freund sucht, hat ein stärkeres Bedürfnis nach Nähe und Sex. Natürlich wirken dann attraktive Menschen noch attraktiver. Wenn du einen Freund hast, könnte es zum Problem werden, wenn du einen anderen anziehend findest. Du wirst dich wahrscheinlich schnell abwenden. Hast du keinen Freund, freust du dich vermutlich über die Chance zum Verlieben und wendest dich dem Jungen näher zu. So steuern wir oft schon frühzeitig dagegen, wenn wir jemanden auch nur ansatzweise attraktiv finden. Aber *von selbst* versteht es sich nicht, daß wir uns vor allem für den einen interessieren.

... dann stimmt was nicht!

Die falsche Annahme über die selbstverständliche Treue hat auch noch eine zweite Seite: Wenn ich mich verliebe, so glauben viele, wenn ich einen anderen überhaupt nur sexy finde, dann muß ja wohl mit meiner Beziehung irgendwas nicht stimmen.

Seltsamerweise ist diese Idee bei Mädchen und Frauen verbreiteter als bei Männern. Der Satz «Das hat mit uns doch nichts zu tun» ist eher typisch für Männer. Vielleicht hängt das damit zusammen, daß Männer eben nicht so schnell «gegensteuern», wenn ihnen eine Frau gefällt, und schneller untreu werden. Andererseits zweifeln sie nach einer Affäre nicht unbedingt an ihrer Partnerschaft. Das ist eher frauentypisch. Viele Männer würden wahrscheinlich noch nicht mal sagen, daß sie verliebt waren. Es war eben Sex, keine Liebe.

Tatsächlich ist Untreue häufig ein Anlaß für Trennungen. Manche Leute glauben, Untreue allein könne eine Partnerschaft zerstören. Andere sind überzeugt davon, daß bei Untreue mit der Beziehung, der Partnerschaft etwas nicht stimmen müsse. Aber ist Untreue Folge oder Auslöser von Problemen in der Partnerschaft? Häufig sind Menschen schon längere Zeit unzufrieden mit ihrer Partnerschaft, gestehen sich das aber nicht ein oder haben Angst vor einer Trennung. Allein zu sein, niemanden zu haben, erscheint ihnen schlimmer. Wenn sie dann jemanden treffen, der ihnen gefällt, verlieben sie sich einfach leichter, ob mit oder ohne Untreue. Sie werden mutiger und trennen sich. Andere verlieben sich in einen anderen Menschen, ohne vorher bewußt unzufrieden oder gar unglücklich gewesen zu sein. Gerade weil es keinen wirklichen Grund gab, den alten Partner zu verlassen, suchen sie danach, um ihr schlechtes Gewissen zu beruhigen. So können sie sich und anderen sagten: «Ich bin untreu geworden, weil es in meiner Beziehung schon lange langweilig war, mein Freund einfach zuwenig mit mir geredet hat, er immer wieder von den Kochkünsten seiner Mutter anfing», oder was auch immer. Sie selbst sind jedenfalls unschuldig.

Gründe für Untreue

Menschen trennen sich also häufig, *wenn* sie einen neuen Partner haben, manchmal auch, *weil* sie einen neuen Partner haben. Aber die Unzufriedenheit mit der Partnerschaft ist nur einer von vielen möglichen Gründen für Untreue.

Es kann auch sein, daß der Freund einfach momentan nicht so präsent war. So war es bei Maxie. Sie hatte vorher kaum an Philipp gedacht, war mit ganz neuen Eindrücken und mit ihren Freundinnen beschäftigt. Bestimmte Situationen können dazu beitragen, daß wir jemanden intensiver wahrnehmen, als wir es normalerweise tun würden. Wir fühlen uns geschmeichelt, weil wir begehrt werden. Wir wollen beweisen, daß wir begehrenswert sind, verführen können. Wir möchten vielleicht unbedingt etwas Verbotenes oder Aufregendes tun. Wir können Lust auf

Sex oder nur auf Zärtlichkeit haben, und der Freund ist nicht verfügbar. Wir sind einfach ungeheuer neugierig. Und natürlich kann es auch sein, daß wir von der erotischen Ausstrahlung eines Menschen überwältigt werden.

Bei eigener Untreue denken die meisten automatisch über die Partnerschaft nach. Was könnte anders sein? Bin ich noch glücklich? Ist mein Partner noch mit mir glücklich? Auch wenn der Partner untreu war, kann es gut sein, sich diese Fragen zu stellen. Aber Untreue ist nicht zwangsläufig ein Zeichen dafür, daß irgend etwas nicht stimmt.

Auch wenn in der Partnerschaft nicht die Ursache für die Untreue lag, hat Untreue natürlich trotzdem etwas mit der Beziehung zu tun. Denn sie geht ja weiter. Es fragt sich nur, wie.

... und wie es weitergehen kann

Maxie hat Philipp von Fabian erzählt. Es ist ihr nicht leichtgefallen, aber sie findet es richtig so. Natürlich war Philipp gekränkt. Er hatte sich so auf Maxie gefreut, und dann erzählt sie ihm gleich so was. Okay, sie habe nicht mit ihm geschlafen, aber wo sei da eigentlich noch der Unterschied, hatte er sie gefragt. Darauf konnte Maxie nicht antworten. Für sie war es ein ganz entscheidender Unterschied. Sie versteht Philipp nicht. Gut, sie hat sich nicht richtig verhalten. Aber so schlimm findet sie es auch wieder nicht, ein kleiner Urlaubsflirt, mehr nicht. Und sie hat es ihm schließlich sofort erzählt. Sie ist ehrlich. Aber das ist ihm offenbar noch gar nicht aufgefallen.

«Es war eben ein Fehler, ehrlich zu sein.» Manchmal überrascht Leyla Maxie. Sie sitzen in Maxies Zimmer und wollten sich eigentlich auf die Bioarbeit vorbereiten. «Wieso war das ein Fehler? Was würdest du denn sagen, wenn du herauskriegst, daß Alex was mit einer anderen hatte?»

«Philipp hätte es aber nicht herausgekriegt. Meinst du wirklich, Julia hätte ihm davon erzählt? Wieso sollte sie? Sie hat gesagt, daß es deine Sache ist. Und schließlich ist es doch vorbei. Oder bist du etwa noch

verliebt in diesen Typen?» «Nein», Maxie zögert, «aber ich finde es eben wichtig, ehrlich miteinander zu sein.» «Mag sein, aber so hätte sich Philipp fast von dir getrennt. Und wie geht es jetzt weiter mit euch?» «Ich glaube, er nimmt es mir schon noch übel. Auch wenn er gesagt hat, daß er es einfach vergessen will.»

Die kleine Affäre mit Fabian ist für Maxie längst unbedeutend. Sie würde gern mit Philipp so zusammensein wie vor dieser Sache. Aber Philipp ist gekränkt, verletzt und unsicher, ob sie ihn noch liebt. Maxie hat ein schlechtes Gewissen, ist sauer, weil Philipp es so übelnimmt und ihre Ehrlichkeit nicht schätzt. Vielleicht wäre es ihm im nachhinein lieber, er wüßte von nichts?

Wie wichtig ist Ehrlichkeit?

Leylas Argumentation mag etwas unmoralisch sein, klingt aber trotzdem vernünftig. Was wäre eigentlich passiert, wenn Maxie Philipp nichts gesagt hätte? Wahrscheinlich hätte sie ein schlechtes Gewissen gehabt, weil sie Ehrlichkeit wichtig findet. Gemerkt hätte Philipp das wohl kaum, und erfahren hätte er auch nichts.

Natürlich ist es nicht immer klüger, eine kleine Untreue einfach zu verschweigen. Manchmal kann es aber klüger sein.

Maxie hat sich anders entschieden. Sicher ist es unfair von ihr, von Philipp zu verlangen, nicht gekränkt zu sein und ihre Ehrlichkeit zu loben. Denn schließlich war sie untreu, nicht er. Sie sollte ihm also schon etwas Zeit geben, sich von dem Schock zu erholen. Für Philipp ist es offenbar besonders verletzend, daß Maxie den anderen Jungen überhaupt attraktiv fand, daß sie ihn vergessen hat, er sofort ersetzbar wäre. Was genau sie mit Fabian gemacht hat, interessiert ihn gar nicht so sehr. Für andere Jungen wäre das womöglich entscheidend. Und natürlich macht es einen Unterschied, ob wir jemanden sexy finden oder Sex mit ihm haben.

Da das Thema Treue zwischen Maxie und Philipp nun einmal aktuell ist, wäre es auch klug, darüber zu reden, was genau sie sich eigentlich darunter vorstellen und wie sie künftig damit umgehen wollen. Denn oft ist es schwierig, «vorab» über Dinge zu reden, von denen man vielleicht noch nicht weiß, wie sie sich anfühlen. Wo fängt für Philipp die Untreue an, wo für Maxie? Denken beide bei Treue an Sex, oder gibt es für sie auch noch andere Formen der Untreue? Ist es für Maxie vielleicht auch eine Form von Untreue, wenn Philipp mehr Zeit für seine Freunde hat als für sie? Welche Erfahrungen haben beide mit Maxies Ehrlichkeit gemacht? Wäre es besser gewesen, sie hätte nichts gesagt? Ein solches Gespräch kann sinnvoll sein – trotzdem Vorsicht: Man kann dabei die Probleme auch größer reden, als sie eigentlich sind.

Maxie und Philipp kommen über Maxies kleine Untreue sicher hinweg. Aber so manche Untreue löst heftigere Probleme in Partnerschaften aus. Was wäre zum Beispiel, wenn Maxie wirklich mit dem anderen Jungen geschlafen hätte? Oder wenn sie noch verliebt wäre? Oder wenn sie ihn täglich wiedersehen könnte? All das würde die Situation verschärfen. Bei einer Affäre, die länger gedauert hat und heftiger war, wird man auch größere Probleme mit der Ehrlichkeit haben: Es wäre wichtiger, es zu erzählen, weil es bedeutsamer war. Andererseits ist die Gefahr größer, den Partner dadurch zu verlieren, eben weil es bedeutsamer war.

Noch schwieriger ist es, wenn du die Affäre noch nicht aufgeben möchtest, den Freund aber gleichzeitig nicht verlieren willst. Erzählst du es ihm, wird er vermutlich auf eine Entscheidung drängen. Erzählst du es nicht, wird er sich hinterher doppelt betrogen fühlen und sich womöglich von dir trennen.

In beide verliebt

Manchmal kommt es vor, daß wir beide gleichzeitig lieben: den Freund, weil er so ist, und den anderen, weil er anders ist. Die wenigsten halten eine solche Dreierbeziehung über einen längeren Zeitraum problemlos durch. Irgend jemand in diesem Spiel wird dann eine Entscheidung fordern oder selbst eine treffen. Es kann auch passieren, daß du dich in jemanden verliebst und kurze Zeit später in einen anderen, daß du in beide gleichermaßen frisch verliebt bist. Meist wirst du aber nach einiger Zeit doch merken, wen von beiden du lieber magst.

Für keine dieser Varianten der Untreue gibt es einen hundertprozentig richtigen Rat. In einem Fall und für die eine Frau kann es richtig sein, frühzeitig mit offenen Karten zu spielen, im anderen Fall hätte sie besser noch eine Weile geschwiegen. Gerade Situationen, in denen wir eine Entscheidung treffen müssen, können sich manchmal quälend lange hinziehen. Schlimmstenfalls sind alle Beteiligten wie gelähmt, weil niemand verlieren möchte, was ihm so lieb ist. In solchen Fällen kann vielleicht ein Gespräch in einer Beratungsstelle am ehesten weiterhelfen.

Einen Verhaltenstip gibt es auch nicht, wenn du selbst die «Betrogene» bist oder nur die «Affäre», die mehr sein will als eine Affäre. Mal kann es gut sein, die Eifersucht zu zeigen und eine

Entscheidung zu fordern, ein andermal kann es richtig sein, einfach abzuwarten, auch wenn es schwerfällt. Und manchmal ist es klug, sich so schnell wie möglich zu trennen.

Wahrscheinlich streitet man sich in der Liebe am häufigsten, am heftigsten und am tränen- und scherbenreichsten, wenn es um Eifersucht und Untreue geht. Es gibt aber auch noch andere Streitthemen. Manchmal ist Streit sogar gut. Wieso und warum?

[Streit]

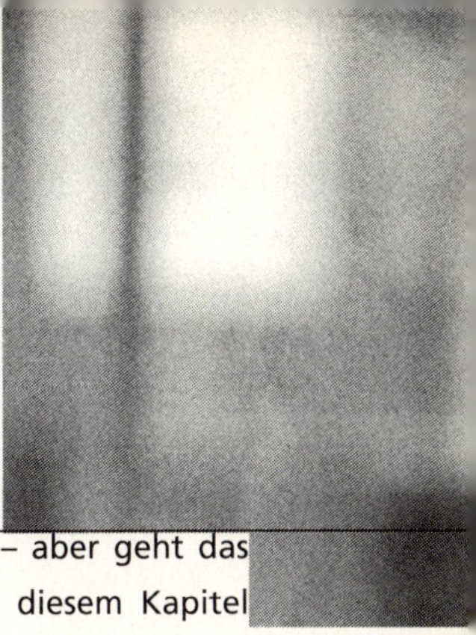

In einer Partnerschaft geht nicht immer alles harmonisch zu. Es kann Mißverständnisse, Ärger und Streit geben. Wir können wütend auf unseren Partner sein, verletzt oder beleidigt. Viele würden Streit gerne vermeiden – aber geht das überhaupt? In diesem Kapitel geht es darum, wie Streit entsteht, warum Streit trotzdem wichtig ist und was wir beim Streiten beachten sollten.

Gegen die Gewohnheit

Maxie macht gerne Sport, aber anderen dabei zuschauen, wie sie einem Ball hinterherrennen, findet sie blöd. Philipp mag keine Süßigkeiten. Maxie haßt es, früh aufzustehen. Philipp findet Hip-Hop grauenhaft. Das alles fiel in der ersten Zeit ihrer Beziehung gar nicht auf: Maxie feuerte im Fußballstadion mit Begeisterung Philipps Lieblingsmannschaft an, Philipp stopfte sich mit Maxies selbstgebackener Torte voll. Maxie stand sonntags so früh auf wie nie, weil sie es kaum erwarten konnte, Philipp zu sehen. Philipp stand im Hip-Hop-Konzert mit Maxie in der ersten Reihe. Maxie und Philipp gingen damals sehr tolerant miteinander um. Mehr als das: Daß sie sich plötzlich für etwas begeisterten, was sie vorher unmöglich fanden, kam ihnen nicht mal wie ein Opfer vor. Sie taten es ganz selbstverständlich und hatten sogar Spaß daran. Jetzt hat Maxie keine Lust mehr, Philipp ins Fußballstadion zu begleiten. Eigentlich findet sie es sogar blöd, wenn er hingeht. Und Philipp ist genervt, wenn Maxie schon wieder Hip-Hop-Musik hört.

In der ersten Verliebtheit handeln wir oft gegen alle Gewohnheiten – dem anderen zuliebe sehen wir über Dinge hinweg, über die wir uns sonst maßlos aufregen würden. Wir lassen uns problemlos zu Freizeitaktivitäten bewegen, die wir sonst tödlich langweilig finden. Wir interessieren uns für vieles, was wir bisher nicht kannten. Wir finden neue Freunde. Wir sind glücklich, mit ihm zusammenzusein, alles andere ist gar nicht so wichtig. Aber irgendwann gehen wir wieder einen Schritt zurück, sind wieder ein bißchen mehr wir selbst. Plötzlich finden wir nicht mehr alles toll, was der Partner tut und sagt. Es wird wieder wichtiger, sich abzugrenzen und die eigene Meinung zu vertreten. Manche erschrecken in diesem Moment: Passen wir vielleicht doch nicht zusammen? Liebt er mich nicht mehr? Tatsächlich geht es uns mit unserer Abgrenzung darum, auch in der Partnerschaft eine eigenständige Person zu bleiben, statt sich in ein Nichts aufzulösen und total in dem anderen aufzugehen. Das ist wichtig, um das nötige Gleichgewicht in der Partnerschaft zu finden. Allerdings müssen wir dafür auch einige Auseinandersetzungen und Streit in Kauf nehmen.

Der erste Streit

Wenn ein Paar sich zum ersten Mal streitet, ist das oft ein Schock. Heimlich haben wir doch geglaubt, diesmal endlich den Traummann gefunden zu haben, mit dem wir uns immer verstehen würden und uns nie streiten müßten. Und plötzlich werden wir aus dem siebten Himmel auf den Boden der Realität zurückgeholt. ‹Ist das das Ende?› fragen wir uns, wenn der erste Streit in das Glück der ersten Verliebtheit hereinbricht. Doch der erste Streit ist nicht der Anfang vom Ende, sondern zeigt, daß ein Paar auch zusammenbleiben kann, wenn nicht immer alles harmonisch ist. Daß die Liebe nicht aufhört, nur weil man mal schlechte Laune hat oder anderer Meinung ist als der Partner.

«Du hast angefangen . . .»

Maxie versucht sich zu erinnern, wie alles angefangen hat. Eigentlich hat es überhaupt keinen Grund gegeben, sich zu streiten. Jedenfalls keinen wichtigen. Über irgendeine Belanglosigkeit hat Philipp sich aufgeregt. Maxie wollte sich das nicht bieten lassen. So kam eins zum anderen – und schon war der dickste Streit da. Ach ja, sie war zu spät zu einer Verabredung mit Philipp gekommen. Kein Grund, so einen Aufstand zu machen. Und dafür, daß Philipp mal wieder Ärger zu Hause hatte, dafür konnte sie schließlich nichts. Außerdem hat sie selber genug Streß – drei Klassenarbeiten in einer Woche! Aber nein, er regt sich auf, läßt Maxie nicht mal zu Wort kommen und wärmt natürlich wieder alte Geschichten auf. Wie oft sie schon zu spät gekommen wäre. Er hätte jetzt langsam die Schnauze voll. Und das alles wegen der paar Minuten! Dann wird Maxie nachdenklich: Es scheint ganz egal zu sein, was der Grund für den Streit war. Es kommt ihr vor, als käme es darauf gar nicht an. Als ob es so was wie eine tiefere Ursache gäbe. Das ist schließlich nicht normal, daß man sich über eine Kleinigkeit so aufregt.

Maxie ist wütend auf Philipp. Und Philipp auf Maxie. Woher kommt diese Wut? Wenn ein Paar sich streitet, kann es natürlich um ein bestimmtes Thema gehen, eine Frage, zu der beide eine unterschiedliche Meinung haben. Dann streitet man sich, mehr oder weniger heftig, um die Sache. Die Diskussion kann hitzig werden – aber immerhin geht es um ein sachliches Thema, von dem man nicht direkt betroffen ist. Schwieriger wird es schon, wenn die Partner unterschiedliche Ansichten über die Gestaltung der Beziehung haben. Zum Beispiel, was sie zusammen machen und was getrennt, wieviel Zeit sie miteinander verbringen, ob einer für den anderen mitentscheiden sollte, ob sie bestimmte Aufgaben verteilen usw. Oberflächlich betrachtet, geht es einfach darum, eine Lösung zu finden – die eigene Meinung zu vertreten, aber auch zuzuhören, abzuwägen und einen Kompromiß zu finden. Aber so ganz einfach ist es häufig doch nicht, denn es sind eine Menge Gefühle im Spiel: die Angst, vom Partner nicht oder nicht genug geliebt zu werden, das Gefühl, nicht ernst genommen zu werden, enttäuschte Hoffnungen, Eifersucht oder Schuldgefühle. Oft ist es nicht so leicht, zu einer Einigung zu kommen, und man weiß nicht, warum man sich so heftig streitet. Noch verwirrender ist es, wenn der Streit scheinbar grundlos entsteht: Ein Mädchen wird wegen einer Lappalie sauer auf ihren Freund, sie weiß eigentlich selber nicht so genau, wieso – und er erst recht nicht. Ein Paar bekommt sich dauernd wegen Kleinigkeiten in die Haare – einen Grund dafür scheint es nicht zu geben. So ein Streit scheint kein Ziel zu haben, auch die Gründe sind oft nicht so einfach zu sehen, denn möglicherweise haben sie überhaupt nichts mit dem Thema des Streits zu tun. Vielleicht steckt auch etwas anderes dahinter, das nicht so leicht herauszufinden ist.

Frust ablassen

Wenn wir erholt und ausgeglichen sind bekommen wir selten Streit. Klar, denn dann sind wir in der Lage, toleranter mit dem

Partner zu sein, ihm kleine Provokationen zu verzeihen und bei Meinungsverschiedenheiten nicht mehr als nötig auf unserem Standpunkt zu beharren. Aber wer kennt das nicht: Wenn wir sowieso schon viel um die Ohren haben und eigentlich nicht noch mehr Ärger gebrauchen können, geht oft noch zusätzlich etwas schief. Wichtige Papiere sind einfach verschwunden, und der Bus fährt uns vor der Nase weg. Und dazu noch der Streit mit dem Freund oder der Freundin! Das ist mehr, als wir in dem Moment vertragen können.

Aber gerade in Streßsituationen sind wir besonders anfällig für Streit, obwohl wir's dann am wenigsten gebrauchen können. Und wir glauben zwar – wie so oft –, der Partner habe angefangen, aber wenn wir ehrlich sind, stellen wir meist fest, daß wir durch unsere Nervosität und Ungeduld bereitwillig ein kleines Mißverständnis oder eine einfache Diskussion nutzen, um zum großen Streit überzugehen. Eigentlich meinen wir gar nicht den Partner, sondern wollen uns einfach an jemandem abreagieren. Das ist meist nicht schwer zu erkennen und läßt sich mit etwas gutem Willen, wenn auch nicht vermeiden, so doch zumindest abschwächen. Indem wir entweder unsere Wut an der richtigen Stelle ablassen oder aber dem Partner aus dem Weg gehen, bis wir uns beruhigt haben. Natürlich wird unsere momentane Stimmung immer einen Einfluß darauf haben, ob wir uns schon von Kleinigkeiten verletzt oder provoziert fühlen oder ob uns nichts so leicht aus der Ruhe bringen kann.

Verletzungen von früher

Wir alle haben Erfahrungen hinter uns, die schwierig oder verletzend waren. Das kann Auswirkungen auf die Gegenwart und auch unsere Beziehungen haben. Vielleicht reagieren wir in manchen Situationen stärker als nötig, weil wir uns – ohne es zu merken – an eine frühere Situation erinnert fühlen. Manche sind sofort verunsichert, wenn jemand laut mit ihnen spricht: sie haben dann das Gefühl, sie werden angeschrien – vielleicht wird in ihrer Familie immer leise gesprochen, und wenn mal einer laut wird, steht eine Katastrophe bevor. Manche fühlen sich durch die kleinste Kritik gleich in Frage gestellt, einige haben leicht das Gefühl, ausgelacht zu werden, andere fühlen sich schon durch Bitten oder Vorschläge vom Partner unter Druck gesetzt. Oder ein Detail im Verhalten des Liebsten scheint uns genauso zu sein wie bei dem Ex-Freund, der uns am Ende verlassen hat. Auch der Partner reagiert manchmal überempfindlich. Und wir regen uns darüber auf, weil wir nicht wissen, daß es mit uns gar nichts zu tun hat. Womöglich haben wir etwas gesagt, was er von seiner Mutter kennt, oder etwas in unserem Tonfall erinnert ihn an seinen Vater.

Es ist manchmal schwer zu verstehen, warum der Partner jetzt so reagiert, obwohl wir ihm nichts getan haben. Genauso verwirrt es uns, wenn wir selber eine harmlose Bemerkung oder einen bestimmten Tonfall des Partners kaum ertragen können. Aber manchmal kommen einfach, ohne daß wir es überhaupt merken, alte Gefühle wieder hoch, und wir reagieren unangemessen und übertrieben. Der andere will das natürlich auch nicht auf sich sitzen lassen und fühlt sich im Recht. Und schon ist ein Streit da, bei dem keiner nachgeben will. Wer die eigenen wunden Punkte und die des Partners kennt, kann besser damit umgehen. Sicher wird sich nicht immer vermeiden lassen, daß einer von beiden sich verletzt fühlt, aber wenn wir wenigstens wissen, warum, müssen wir uns nicht so stark verteidigen und können vielleicht vermeiden, daß der Streit sich immer mehr steigert.

Zwei Seiten der Medaille

Es ist gar nicht so unwahrscheinlich, daß die Eigenschaften, die uns an unserem Partner nerven oder uns wütend machen, auf geheimnisvolle Weise die gleichen sind, die wir an ihm lieben.

Als wir uns verliebten, faszinierten uns vielleicht gerade die Eigenschaften am Partner, die uns selber fehlen: Wer selber ruhig und vernünftig ist, wird oft gerade von lockeren und eher chaotischen Menschen angezogen. Und die wiederum suchen als Gegenpol jemanden, dessen Leben etwas geordneter verläuft. Was erst interessant war, wird uns dann auf einmal zuviel: Wir verstehen nicht, wieso der Partner so anders reagiert, als wir es für normal halten. Wir mochten seine Ruhe und Ausgeglichenheit – jetzt finden wir ihn träge, langweilig und konfliktscheu. Uns gefiel ihre Spontaneität und ihre lockere Art – plötzlich erscheint sie uns unzuverlässig. Früher waren wir begeistert von seinen Witzen – heute halten wir ihn für einen Angeber. Seine Hilflosigkeit in manchen Sachen fanden wir süß – jetzt nervt uns seine Unselbständigkeit.

Die Eigenschaften, die wir mögen, und die, die uns nerven, sind zwei Seiten einer Medaille. Manche wünschen sich, daß der Partner sich ändert und sein ewiges Zuspätkommen, seine Unordnung oder seine Spießigkeit endlich aufgibt. Aber selbst wenn wir den Partner wirklich ändern könnten, würden wir dann auch die andere Seite der Medaille verlieren: die Seite des Partners, in die wir uns damals verliebt haben. Wenn wir uns das klarmachen, können wir vielleicht besser damit umgehen.

Es wird bestimmt ganz toll

Auch enttäuschte Erwartungen spielen als Streitauslöser eine große Rolle: Wer sich seit Tagen auf das gemeinsame Wochenende gefreut hat, wird leicht aus Enttäuschung sauer reagieren, wenn das dann nicht so toll wie ausgemalt abläuft. Vielleicht fühlen wir uns auch ungeliebt, weil uns der Partner weniger beachtet als erwartet. Wenn er uns nicht so begrüßt, wie wir es uns vorgestellt haben, wenn er nicht oft genug anruft, wenn er uns unsere geheimen Wünsche nicht von den Augen abliest. Vielleicht sind unsere Erwartungen manchmal einfach zu hoch: Wer den Geliebten selten sieht, überlegt sich schon vorher, was man alles zusammen machen könnte, und stellt sich vor, wie schön es wird. Und dann wird's langweilig, oder man kann sich nicht einigen, wie die Zeit miteinander verbracht werden soll – jedenfalls wird's nicht halb so schön, wie man es sich gewünscht hat. Viele vergessen vor lauter Vorfreude und tollen Ideen, daß der Partner vielleicht ganz andere Bedürfnisse hat. Wir sind einfach überzeugt, daß der andere über die gemeinsame Zeit die gleichen Vorstellungen hat. Und sind dann überrascht, wenn wir merken, daß die eigenen Pläne mit den Wünschen des Partners nicht zusammenpassen. Und dem anderen geht es genauso. Wer sich mit dem Partner über die unterschiedlichen Vorstellungen austauscht, statt zu hoffen, daß er das gleiche will, kann sich manche Enttäuschung ersparen.

Wegen nichts

Manchmal fängt Streit aus heiterem Himmel an. Eben war alles noch ganz toll. Das Paar fühlt sich wohl miteinander, hatte vielleicht sogar gerade ein schönes gemeinsames Erlebnis, ist jedenfalls einfach glücklich. Plötzlich gibt's Streit. Der Anlaß ist so gering, daß sich danach keiner mehr daran erinnert. Wie kann man sich nur streiten, wenn man eben noch so glücklich miteinander war? Vielleicht gerade dann: In Momenten, in denen ein Paar sich sehr nahe ist, spürt möglicherweise einer den Wunsch, trotz aller Liebe etwas Abstand für sich zu haben, und sucht unbewußt nach etwas, was diesen Abstand herstellt. Ein naheliegendes Mittel ist da, einen kleinen Streit anzufangen. In so einem Fall hilft es, einfach einander mehr Raum für sich alleine zu gönnen.

Der Anfang vom Ende?

Häufiger Streit, bei dem es beiden nur noch darauf ankommt, zu gewinnen und sich gegenseitig zu verletzen, statt eine Lösung zu suchen, ist ein Warnsignal. Etwas stimmt nicht mehr in der Beziehung! Wenn einer oder beide jede Kleinigkeit als Anlaß zum

Streit nehmen, wenn jeder versucht, ohne Rücksicht auf Verluste dem anderen den eigenen Willen aufzuzwingen, oder ständig die schlechte Laune am Partner ausläßt, sollte man überlegen, ob es überhaupt noch Gemeinsamkeiten gibt – außer den gemeinsamen Streit. Gibt es noch das Gefühl von Liebe, oder ist da nur noch Feindseligkeit, Mißtrauen oder Gleichgültigkeit? Dann sollte man sich ernsthaft überlegen, ob diese Beziehung noch zu retten ist oder ob man nur zusammenbleibt, weil man den Absprung nicht geschafft hat.

Die Versöhnung

Wenn der Ärger verflogen ist, das Mißverständnis ausgeräumt, die heiße Diskussion (vorerst) beendet, kommt die Versöhnung. Beide sind froh, daß der Streit vorbei ist. Aber bei manchen Paaren geht es gleich wieder von vorne los, einfach weil beide nach einem Streit unterschiedliche Bedürfnisse haben: Vielleicht findet für sie eine richtige Versöhnung im Bett statt – für ihn ist an Sex noch lange nicht zu denken, denn er braucht noch etwas Zeit, um wieder langsam auf sie zuzugehen. Hier ist Rücksicht gefragt: Besser bei der Versöhnung behutsam mit den Gefühlen des anderen umgehen, als gleich wieder in den nächsten Streit zu schlittern. Trotz allem – die Versöhnung ist das Beste am Streit, denn hinterher ist es besser als vorher.

Glücklich ohne Streit?

Nach einem heftigen Streit liegen sich Maxie und Philipp endlich wieder versöhnt in den Armen. «Schön wär's, sich nie wieder zu streiten», denkt Maxie und nimmt sich vor, in Zukunft geduldiger mit Philipp zu sein. Und auch Philipp hat versprochen, sich nicht immer über Kleinigkeiten aufzuregen. Maxie kuschelt sich fester an Philipp – es könnte doch für immer so schön bleiben wie jetzt.

Verständlich, daß es Maxie lieber wäre, wenn es keinen Streit mehr zwischen ihr und Philipp gäbe. Denn Streit ist mit Schmerzen verbunden. Streit macht angst und verletzt. Aber was wäre, wenn wir wirklich jeden Streit vermeiden würden? An einer Liebesbeziehung sind zwei Menschen beteiligt, die verschieden sind. Sie sind verschieden aufgewachsen, haben verschiedene Erfahrungen gemacht, haben unterschiedliche Einstellungen und Gefühle. Es wäre ungewöhnlich, wenn diese beiden Personen immer einer Meinung wären.

Wut

Es ist kaum möglich, in einer nahen Beziehung nicht auch mal Gefühle von Wut und Ärger zu spüren – so richtig sauer auf den Partner zu sein und ihm das auch zu zeigen. Sicher können wir uns auch Paare vorstellen, die sich nie streiten. Aber was machen die mit ihrer Wut, die sie unvermeidlich hin und wieder haben? Vielleicht haben sie Angst, ihren Ärger zu zeigen, weil sie fürchten, daß der Partner sie dann möglicherweise nicht mehr so liebt. Oder sie haben Schuldgefühle, weil sie fürchten, vom Partner zuviel zu verlangen, oder weil sie ihm Traurigkeit und Verletzung ersparen möchten. Nur was passiert mit der Wut, wenn wir sie nicht herauslassen? Wenn wir für die Harmonie in der Beziehung ständig unsere Wut unterdrücken, sieht es in unserem Inneren nicht besonders harmonisch aus. Sicher können wir auch mal ohne großen Schaden die Wut unterdrücken, wenn sie im Augenblick nicht angebracht ist, aber wenn wir das zu häufig tun, kann es dazu führen, daß wir immer mehr an Selbstwertgefühl verlieren und uns selbst nicht mehr leiden können. Außerdem hat der Partner nicht einmal die Chance, auf unsere Wut zu reagieren. Wut auf den Partner zu unterdrücken ist also im allgemeinen nicht erstrebenswert. Auseinandersetzungen haben in der Partnerschaft eine wichtige Funktion.

Wir brauchen sie, damit sich die Beziehung weiterentwickelt, wir nicht stehenbleiben, sondern von beiden Partnern immer wieder neue Impulse eingebracht werden. Dadurch können wir die Richtung, in die es gehen soll, immer wieder aushandeln.

Der richtige Moment

Häufig kommt unterdrückter Ärger auch von selber wieder an die Oberfläche. Wenn wir ihn lange genug ignoriert haben, sucht er sich einfach das nächstbeste Ventil. Wer leichten Ärger über Kleinigkeiten immer wieder herunterschluckt, vielleicht weil der Grund ja doch nicht so schwerwiegend schien, schützt sich damit nicht vor Streit. Im Gegenteil: Bei den wiederholten kleinen Anlässen kann die Wut sich immer mehr aufbauen, bis es kaum noch eine andere Möglichkeit gibt, als zu explodieren. Selten lösen sich die Probleme von allein – meist lohnt es sich, sofort anzusprechen, was uns ärgert. Dann sind wir wahrscheinlich eher in der Lage, die Auseinandersetzung in Grenzen zu halten.

Besser streiten

Streit in einer Beziehung ist also ganz normal – es kommt allerdings darauf an, wie man streitet. Es kann nicht das Ziel eines Streits sein, um jeden Preis recht zu behalten und den anderen fertigzumachen. Sich gegenseitig Vorwürfe zu machen führt dazu, daß beide das Gefühl bekommen, sich verteidigen zu müssen, und deshalb den anderen angreifen. Nach dem Motto: Auge um Auge …

So schaukelt sich der Streit immer weiter hoch, und es kommt zu keiner Annäherung. Vielleicht gibt zum Schluß einer aus Erschöpfung nach, aber bei nächster Gelegenheit kommt das Thema wieder auf den Tisch. Besser und erfolgversprechender, als sich Vorwürfe zu machen und sich gegenseitig anzugreifen, ist, über die eigenen Gefühle zu sprechen. Wenn du sagst, wie du dich fühlst, statt den Partner aufzufordern, sein Verhalten zu ändern, hat das eine ganz andere Wirkung. Der Streit wird nicht so heftig, denn er wird sich (wahrscheinlich) nicht gleich angegriffen fühlen und ist eher bereit, sich das Problem anzuhören. Möglich, daß er dann etwas an seinem Verhalten ändert – vielleicht aber auch nicht. Denn es geht nicht darum, einen Trick anzuwenden, damit der Partner macht, was wir wollen – vielmehr wollen wir ihm unsere Gefühle verständlich machen und genauso auch ihm Gelegenheit geben, über seine zu reden. Dann gibt es die Chance einer freiwilligen gegenseitigen Annäherung.

Um einen Streit nicht zu sehr ausarten zu lassen, lohnt es sich, soweit wie möglich Verletzungen zu vermeiden. Ihr könnt versuchen, beim Streiten ein paar Regeln zu beachten, die ihr in einer ruhigen Minute ausgehandelt habt. Zum Beispiel ist es hilfreich, Verallgemeinerungen zu vermeiden wie «Immer kommst du zu spät». Schließlich läßt sich kaum etwas finden, was der andere «immer» oder «nie» macht, und wenn wir es trotzdem behaupten, ernten wir Widerspruch, bei dem der andere seinerseits übertriebene Vorwürfe macht und so weiter. Auch Schimpfwörter führen schnell dazu, daß der andere sich verletzt fühlt und versucht, sich so gut wie möglich zu rächen. Sicher findet ihr etwas, was euch persönlich besonders wichtig ist – und vielleicht schafft ihr es sogar, beim nächsten Streit noch daran zu denken.

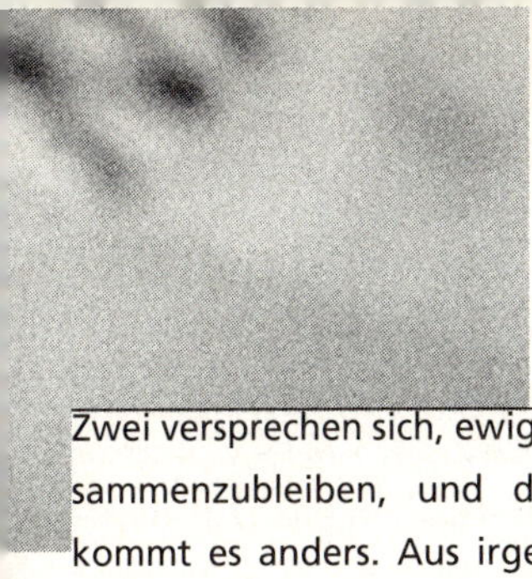

Zwei versprechen sich, ewig zusammenzubleiben, und dann kommt es anders. Aus irgendeinem Grund läßt die Liebe nach. Häufig gibt es konkrete Gründe: Ständig gibt es Streit, bei dem man sich immer nur im Kreis dreht. Ein Partner hat sich in jemand anderen verliebt. Oder wir merken plötzlich, daß wir kaum noch etwas mit dem Partner gemeinsam haben. Aber wie es dazu gekommen ist und wieso genau das Gefühl der Liebe nachläßt, läßt sich meist genausowenig sagen, wie wir erklären können, wieso die Liebe angefangen hat.

Für Liebe gibt es keine Garantie. Wir können sie nicht festhalten. Vielleicht hält sie einen Monat oder ein Jahr – manchmal sogar ein ganzes Leben. In diesem Kapitel beschäftigen wir uns damit, wie wir erkennen können, daß eine Trennung bevorsteht, wie wir nach und nach den Schmerz bewältigen können, wenn wir verlassen wurden, und was es zu bedenken gibt, wenn wir uns selber vom Partner trennen wollen.

[Trennung]

Trennung – oder doch nicht?

Julia ist so wütend, daß sie auf der Straße weder nach links noch nach rechts guckt und sie so beinahe mit Maxie zusammengestoßen wäre. «Sei froh, daß du nur in mich und nicht in ein Auto reingerannt bist! Was ist denn los?» «Es reicht mir jetzt mit Meike – ich halte das nicht mehr aus! Dauernd ist sie beleidigt, und wenn ich sie frage, sagt sie, es wäre nichts. Sie braucht ewig, bis sie mal damit rausrückt, was ihr nicht paßt! Und diesmal ging's schon wieder darum, daß ich in der Öffentlichkeit nicht dauernd mit ihr rumknutschen soll – es könnte uns jemand sehen! Ich habe die Schnauze voll: Ich trenne mich!» Und als sie Maxies leicht zweifelnden Blick sieht, fügt sie hinzu: «Diesmal wirklich.» Julia war schon ein paarmal so sauer auf Meike, daß sie das Gefühl hatte, es hätte doch keinen Sinn mehr, mit ihr zusammenzubleiben. Zweimal hat sie sich wirklich getrennt. Aber ein paar Tage später sah man die beiden wieder zusammen, als wenn nichts gewesen wäre.

Manche Menschen treffen Entscheidungen spontan, aus einem momentanen Gefühl heraus. Und manchmal bereuen sie hinterher den Entschluß und versuchen ihn rückgängig zu machen. Auch Julia geht es so: Manchmal fühlt sie sich so verletzt oder unverstanden von Meike, daß sie einfach nicht mehr daran glaubt, daß sie sich jemals wieder verstehen würden. Kurz darauf, wenn die Wut verraucht ist und sie sich wieder etwas gesammelt hat, fällt ihr auf, wie wichtig ihr Meike doch ist und wie sehr sie sie liebt.

Andere trennen sich aus guten Gründen und lassen sich kurz darauf aus Schuldgefühlen und Mitleid vom Ex-Partner wieder überreden zurückzukommen. Was nicht gerade der beste Grund ist, eine Beziehung wiederaufzunehmen. Aber manchmal kommt es einfach vor, daß wir voreilig eine Entscheidung treffen, die wir hinterher bereuen. Wer allerdings weiß, daß er dazu neigt, spontan und unüberlegt zu handeln, sollte lieber erst eine Nacht drüber schlafen – sonst wird dem Partner das Wechselbad der Gefühle irgendwann zuviel.

So wie manche sich voreilig trennen, merken andere nicht, daß sie, wenn alles bleibt, wie es ist, unweigerlich auf eine Trennung zusteuern. Eine Trennung kommt nicht aus heiterem Himmel. Schon einige Zeit vorher können wir wahrnehmen, daß etwas nicht stimmt. Häufig werden solche Anzeichen nicht so ernst genommen – oft weil wir sie nicht sehen wollen und lieber mit der Illusion leben, daß ja alles bestens läuft. Oder wir haben einfach keine Übung darin, mit solchen Situationen umzugehen, und warten lieber ab. Irgendwann ist es dann zu spät, und einer der Partner trennt sich.

Wenn ein Paar dagegen die Anzeichen rechtzeitig erkennt, läßt sich unter Umständen noch was machen – vorausgesetzt, daß beide Partner dazu bereit sind und die Gefühle zueinander noch nicht völlig abgekühlt sind. So ein Anzeichen könnte häufiger Streit sein, der nur noch dazu dient, den anderen fertigzumachen. Auch wenn es *nie* den kleinsten Streit gibt, ist das ein schlechtes Zeichen. Vielleicht werden die Differenzen einfach unter den Teppich gekehrt und brechen dann später irgendwann um so stärker hervor. Oder es gibt keinen Streit, weil die Partner sowieso nicht mehr viel miteinander reden und sich kaum noch sehen, weil sie sich schon fast gleichgültig geworden sind. Auch ein Seitensprung eines Partners kann ein Anlaß sein, zu überdenken, ob in der Beziehung etwas faul ist.

Ob es sich lohnt, noch mal an der Beziehung zu arbeiten, um ihr noch eine Chance zu geben, oder ob eine Trennung unausweichlich ist, läßt sich an den Gefühlen füreinander erkennen. Empfindet ein Paar noch Liebe füreinander, oder ist es nur noch aus Gewohnheit zusammen oder aus Angst, alleine zu sein? Spüren sie noch körperliche Anziehung zueinander, oder ist davon längst nichts mehr zu merken? Gibt es noch gemeinsame Interessen und vertraute Gespräche, oder ist das Zusammenleben mit der Zeit langweilig geworden? Wenn das Gefühl noch stark genug ist, hat ein neuer Anfang Aussicht auf Erfolg.

Verlassen werden

Bei Maxie klingelt das Telefon. Leyla ist dran und fragt, ob Maxie mal vorbeikommen könnte. Sie hört sich schlecht an.

Maxie fragt nicht lange, sondern schwingt sich gleich aufs Rad, um schnell bei der Freundin zu sein. Sie findet Leyla in Tränen aufgelöst. Maxie ahnt schon, was passiert ist, und dann schafft Leyla es auch, schluchzend zu erzählen. Alex hat sich von ihr getrennt. Einfach so. Er hat Leyla gar keine Chance gegeben, etwas zu tun, vielleicht sich zu ändern. Nein, er hat sie vor vollendete Tatsachen gestellt. Mit dieser Sophie, dieser blöden Tussi, ist er jetzt zusammen. Er hat es ihr noch nicht mal ins Gesicht gesagt – am Telefon hat er es ihr mitgeteilt, daß es aus ist. Leyla will es nicht glauben – immer wieder fragt sie Maxie, ob sie nicht auch meint, daß Alex zurückkommen wird. Daß er bald merken wird, wie gut sie zusammen passen, und dann die Trennung bereuen wird. Am liebsten möchte Leyla sofort zu Alex gehen und ihn zurückerobern. Maxie versucht Leyla zu trösten. Sie weiß nicht, was sie für sie tun kann, Leyla scheint sie kaum wahrzunehmen. Aber während Maxie sie im Arm hält und ihr einfach geduldig zuhört, wird sie ein bißchen ruhiger.

Wer verlassen wird, fällt in ein tiefes Loch. Nichts ist mehr so, wie es war. Wir fühlen uns schrecklich. Einen größeren Schmerz können wir uns kaum vorstellen. Wir glauben nicht, daß es uns jemals wieder gutgehen wird. Trotzdem – die meisten haben eine Trennung nach einer gewissen Zeit verarbeitet. Wie die Verarbeitung verläuft und wie lange sie dauert, ist individuell unterschiedlich – aber häufig können wir einige Phasen unterscheiden, die bei den meisten ungefähr ähnlich ablaufen. Und nach einer mehr oder weniger langen Zeit kommen wir tatsächlich wieder gut ohne den Ex-Partner klar. Wie lange es dauert, bis wir über eine Trennung hinwegkommen, hängt von vielen Faktoren ab. Die Dauer der Beziehung kann eine Rolle spielen, wichtiger sind jedoch persönliche Eigenschaften.

Das kann nicht wahr sein

In der ersten Phase unter dem Schock der Trennung kommt es häufig vor, daß wir nicht wahrhaben wollen, daß der Partner nicht mehr da ist. Wir können es nicht glauben, weil es zu schmerzhaft wäre. Wir klammern uns an die Hoffnung, daß vielleicht alles nur ein Irrtum war, ein Alptraum. Wir glauben fest daran, daß er uns eigentlich noch liebt, er weiß es nur nicht – und morgen kommt er bestimmt zurück. Wir haben Angst, der Wahrheit ins Auge zu sehen, und retten uns mit Illusionen über die erste Zeit.

Verzweifelte Hoffnung

Wenn wir merken, daß der Partner wirklich weg ist, suchen wir verzweifelt nach einer Möglichkeit, ihn zurückzugewinnen. Wir suchen nach Gründen, weshalb es zu der Trennung kam – vielleicht haben wir doch etwas falsch gemacht? Sicher waren wir einfach zu langweilig oder zu streitsüchtig – schließlich hat er es uns immer gesagt. Wir glauben, den Partner tatsächlich vernachlässigt oder zu sehr eingeengt zu haben – das wollen wir jetzt ändern! Um ihn zurückzubekommen, versprechen viele das Blaue vom Himmel: Sie wollen sich ändern, nie wieder das tun, was den Partner immer genervt hat, auf alles eingehen, was er sich wünscht. Sie erniedrigen sich mit ihren grenzenlosen Versprechungen, nur um ihn zurückzubekommen – die Aussicht auf Erfolg ist meist gering.

Schmerz

Wenn er dann doch nicht zurückkommt, überfällt uns der Schmerz in seiner ganzen Stärke. Mehr noch. Wir suchen den Schmerz geradezu. Immer wieder stellen wir uns vor, wie wir ihn kennengelernt haben, wie schön es mit ihm war und wie sehr wir uns geliebt haben. Und je mehr wir uns vorstellen, desto mehr leiden wir, denn mit niemand anders kann es jemals wieder so schön sein wie mit ihm. Keine andere ist so toll wie sie. Wir sind verzweifelt und hoffnungslos. Wir verlieren unser Selbstwertgefühl. Vielleicht sehen wir in nichts mehr einen Sinn. Die Trauer will und will nicht aufhören.

Wut

Doch dann, irgendwann kommt die nächste Phase: Wir stellen jetzt fest, daß er ein Schwein ist. Daß er uns nur ausgenutzt hat. Daß er uns immer nur fies behandelt und hintergangen hat. Dieses Gefühl von Wut auf den Ex-Partner ist der erste Weg aus dem Schmerz. Du kannst in deinen Gedanken so unfair und gemein sein, wie du willst. Du kannst über ihn fluchen. Vielleicht hilft es dir auch, Gegenstände kaputtzumachen, die dich an ihn erinnern. Laß dich aber nicht zu Psychoterror oder körperlicher Gewalt hinreißen. Wenn du einmal angefangen hast, deine Wut zuzulassen, bist du schon ein ganzes Stück weiter. Es hilft dir, Abschied zu nehmen, und langsam bist du bereit, dich zu lösen.

Was hilft?

Auch wenn man das Gefühl hat, daß nichts über diesen Schmerz hinweghelfen wird, gibt es doch ein paar Möglichkeiten, mit einer Trennung besser klarzukommen. Zunächst ist es wichtig, die Trauer nicht zu unterdrücken, sondern sich auszuweinen – vielleicht bei der besten Freundin oder der Mutter. Bei einer Person, der du vertraust, kannst du deine Trauer zulassen und über deinen Kummer reden. Auch ein Tagebuch ist hilfreich – durch Schreiben wirst du vielleicht einen Teil der sich im Kreis drehenden Gedanken los. Trost finden kannst du auch durch körperliche Bewegung wie radfahren, joggen, schwimmen oder tanzen. Wer nicht gerne Sport macht, kann die überschüssige Energie auch durch Umräumen des Zimmers, Renovieren o. ä. loswerden. Körperliche Anstrengung wirkt Wunder gegen Traurigkeit. Soweit es geht, solltest du vermeiden, sentimental von den schönen Zeiten mit dem Ex-Partner zu träumen und womöglich dabei eure alte Lieblingsmusik zu hören. Überhaupt solltest du Erinnerungsstücke an die gemeinsame Zeit aus deinem Blickfeld verbannen. Widerstehe auch der Versuchung, den Kontakt zu ihm zu suchen – das wird dich nur noch unglücklicher machen. Wer sehr mutlos und verzweifelt ist und das Gefühl hat, allein keinen Ausweg aus der trostlosen Stimmung zu finden, sollte sich an eine Beratungsstelle wenden.

Um die Liebe kämpfen

Wer verlassen wurde, wünscht sich, daß der Geliebte zurückkommt. Manche kämpfen mit allen Mitteln, in der Hoffnung, daß er es sich noch einmal anders überlegt. Sie stellen ihm nach, um ihn «zufällig» zu treffen, sie versuchen, ihn mit Selbstmorddrohungen unter Druck zu setzen, und terrorisieren ihn mit ständigen Telefonanrufen. Wann immer sich die Gelegenheit bietet, mit ihm zu sprechen, schwören sie ihm ihre Liebe, versprechen, sich zu ändern, und flehen ihn an zurückzukommen. Sehr erfolgversprechend sind solche Methoden nicht gerade. Aber gibt es überhaupt eine Möglichkeit, den Partner zurückzuerobern? Unwahrscheinlich, aber nicht völlig unmöglich! Sollten die Gefühle des Ex-Partners noch nicht völlig erkaltet sein, gibt es eine geringe Chance, daß er zurückkommt.

Aber: Liebe läßt sich nicht erzwingen, und er kommt garantiert nicht unter Druck zurück. Also, wer es trotz der geringen Erfolgschancen noch mal versuchen will, muß eine Menge Geduld und starke Nerven mitbringen. Und dem anderen seine Freiheit lassen, denn wenn er zurückkommen möchte, dann nur freiwillig. Das klingt schwer und ist es auch – versuche in Ruhe abzuwägen, ob sich für dich der Versuch lohnt.

Sich trennen

Maxie findet sich selbst gemein. Sie mag Philipp schließlich. Wenn sie wenigstens sagen könnte, daß er ein Schwein ist oder daß er sie schlecht behandelt. Aber so ist es nicht. Sie, Maxie, ist das Schwein, denn sie hat vor, Philipp zu verlassen. Seit einer Weile schon fühlt sie sich nicht mehr richtig wohl in der Beziehung. Philipp scheint sie nicht richtig zu verstehen. Und der dauernde Streit dreht sich auch immer wieder um dasselbe. Manchmal läuft es besser, aber meistens ist das nach kurzer Zeit wieder vorbei. Aber das Eigentliche ist, daß sie keine Liebe mehr spürt – dadurch ist ihr endgültig klargeworden, daß sie mit Philipp nicht mehr zusammensein kann. Maxie hat sich entschieden, sich zu trennen, auch wenn noch ein winziger Zweifel bleibt, ob das wirklich richtig ist. Sie fragt sich, was andere in ihrer Situation machen würden. Hätte eine andere Philipp noch eine Chance gegeben? Oder hätte es ihr

schon längst gereicht? Aber Maxie ist Maxie und nicht irgend jemand anders. Und ihr reicht es jetzt. Nur – wie soll sie es Philipp sagen? Sie möchte es nicht genauso machen wie Alex, der Exfreund von Leyla. Sie nimmt sich vor, ruhig mit Philipp zu reden und ihm zu erklären, warum es mit ihnen beiden nicht mehr geht.

Menschen trennen sich aus unterschiedlichen Gründen. Vielleicht fühlten wir uns vom Partner schlecht behandelt. Vielleicht können wir ihm nicht mehr vertrauen. Vielleicht haben wir uns neu verliebt. Vielleicht haben wir uns nichts mehr zu sagen. Oft sind die Gründe auch diffuser und für Außenstehende schwer zu verstehen. Vielleicht wird ein Paar von anderen noch für das Traumpaar gehalten, wenn zwischen ihnen schon längst nichts mehr läuft. Oder andere spekulieren, wie lange die Beziehung wohl noch hält, und die Beteiligten denken trotz ständiger Streitereien noch längst nicht an Trennung. Wichtig ist, auf die eigenen Gefühle zu achten, um herauszufinden, ob man sich trennen möchte oder ob man das Gefühl hat, die Beziehung läßt sich noch retten. Gerade das ist die größte Schwierigkeit: Woher sollen wir schließlich wissen, ob sich die Probleme lösen lassen und wir wieder zufrieden mit der Beziehung sein werden oder nicht? Woher sollen wir wissen, ob wir die Trennung vielleicht später bereuen werden? Das Entscheidende dabei sind nicht objektive Fakten, sondern das eigene Gefühl: Wenn für dich das Gefühl von Liebe und Zuneigung zu deinem Partner noch da ist, wirst du wahrscheinlich selbst schwere Probleme noch lösen wollen. Wenn allerdings dieses Gefühl kaum oder gar nicht mehr vorhanden ist, wirst du leichter zur Trennung neigen, auch wenn die Probleme noch gar nicht so groß sind. Verlasse dich also auf dein Gefühl.

Zu früh oder zu spät

Allerdings gibt es auch Extremfälle: Manche neigen dazu, auch in völlig aussichtslosen Situationen noch auf Besserung zu hoffen, sogar, wenn der Partner gewalttätig ist. Wenn's dir so ähnlich geht, überlege, ob du vielleicht große Angst hast, allein zu sein, und du deshalb lieber mit jemandem zusammenbleibst, der dich schlecht behandelt, als keinen Partner zu haben. Bei anderen kommen Außenstehende gar nicht mehr mit: «War sie nicht eben noch mit Jonas zusammen, oder war das der vorletzte? Und wie heißt der Neue nun wieder?» Ständig trennen sie sich wegen Kleinigkeiten und leiden darunter, daß bei ihnen keine Beziehung länger hält. Kommt dir das bekannt vor? Es kann sein, daß du dich im Moment nicht auf eine längere Beziehung einlassen kannst, weil dir zuviel Nähe angst macht. Egal ob du das Gefühl hast, von jemandem nicht loszukommen, obwohl du das willst, oder ob du dich schlecht fühlst, weil deine Beziehungen nie länger halten. Wenn das Ganze dir zu problematisch wird, um alleine damit klarzukommen, such dir Hilfe bei einer Person, der du vertraust.

Wie sag ich's ihm?

Wer – wie Maxie – den Partner noch mag, aber sich zur Trennung entschlossen hat, möchte ihm nicht mehr als nötig weh tun. Den Schmerz wird Maxie Philipp nicht ersparen können, wenn sie sich von ihm trennt. Allerdings kann sie sich bemühen, ihn fair zu behandeln. Dazu gehört, ehrlich zu sein und dem Partner keine falschen Hoffnungen zu machen.
Wer Schwierigkeiten hat, hart zu bleiben, weil er den Schmerz des anderen nicht mit ansehen kann, sollte sich klarmachen, daß für den Partner alles nur noch schlimmer wird, wenn er den kleinsten Anlaß findet, sich Illusionen zu machen. Das heißt nicht, daß du kein Verständnis für die Gefühle des Partners haben sollst – aber bleib trotzdem konsequent in deiner Entscheidung. Sicher braucht er nach der Trennung Unterstützung und Trost von Freunden – du bist jedoch die falsche Person dafür!

Gute Freunde bleiben

Wenn man schon kein Liebespaar mehr ist, könnte man doch wenigstens gut befreundet bleiben – schließlich muß doch bei einer Trennung nicht alles verlorengehen, was zwei Menschen einmal verbunden hat. Geht das? Es gibt durchaus Leute, die mit ihrem Ex-Partner gut befreundet sind. Daß eine Liebesbeziehung allerdings direkt in eine Freundschaft übergeht, ist im allgemeinen nicht so leicht möglich. Meist sind zu diesem Zeitpunkt die beiderseitigen Verletzungen einfach noch zu frisch. Ist die Trennung dagegen schon so lange her, daß beide ihre Trauer und Wut überwunden haben, und es bleiben noch freundschaftliche Gefühle, kann sich durchaus eine Freundschaft entwickeln.

Wer war schuld?

Wer danach sucht, findet ohne große Mühe Gründe, warum der Ex-Partner an allem schuld ist. Egal, ob man sich selber getrennt hat oder vom anderen verlassen wurde. Für den Verlassenen ist es sowieso klar: Wer sich trennt, muß einfach schuld haben, denn er hat ja schließlich alles zerstört. Für den, der sich trennt, ist es ebenfalls eindeutig: Natürlich, der andere hat mich zur Trennung getrieben, schließlich trennt man sich ja nicht ohne Grund! In Wirklichkeit ist es nicht so einfach.

Beide haben ihren Teil dazu beigetragen, daß die Beziehung sich so entwickelt hat. Auch aus dem Scheidungsrecht wurde schon vor längerer Zeit der Grundsatz fallengelassen, den Schuldigen an der Trennung zu suchen. Ebenso wie eine Partnerschaft nur entstehen kann, wenn beide sich darauf einlassen, leistet auch jeder seinen Beitrag am Auseinanderbrechen der Beziehung.

Wie geht es weiter?

Maxie und Leyla sind jetzt beide wieder solo. Leyla hat lange gebraucht, um über die Trennung von Alex hinwegzukommen. Auch Maxie fühlte sich erst mal 'ne Zeitlang nicht gut. Inzwischen haben

sich beide von ihrer Trennung erholt. Heute sitzen sie gutgelaunt in der Fußgängerzone und beobachten die Leute. «Ey, guck mal, da hinten sind Julia und Meike! Glaubst du, die sehen einmal in unsere Richtung?! Sie sind viel zu sehr mit sich selbst beschäftigt.» «Ach laß sie doch – ist doch toll, daß sie sich wieder so gut verstehen. Aber guck doch mal nach links: Siehst du den süßen Typen dahinten?» «Wo? Meinst du den großen Dunkelhaarigen in der Lederjacke?» «Quatsch, den doch nicht, ich meine den daneben!» «Also mir gefällt der andere besser ...»

Nach einer Trennung brauchen die meisten erst mal etwas Zeit, um wieder mit sich ins Gleichgewicht zu kommen – und vor allem um sich wieder auf jemand einlassen zu können. Das dauert bei jeder unterschiedlich lange. Für manche sind ein paar Tage schon lang genug, andere brauchen Monate. Manchmal tut es erst mal ganz gut, sich gleich wieder in ein neues Abenteuer zu stürzen – auch wenn es nicht die große Liebe, sondern eher Ablenkung ist. Jedenfalls ist es gut, nach dem großen Frust direkt nach der Trennung erst mal wieder zu entdecken, was uns selber Spaß macht – bis uns ganz unerwartet wieder jemand über den Weg läuft …

Und weil sich auf der Welt nicht nur alles um die Liebe dreht, geht's im letzten Kapitel um andere Lebensträume.

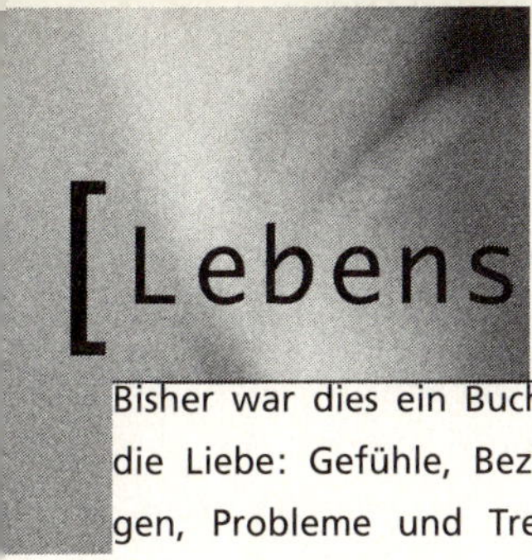

[Lebensträume – Lebenspläne]

Bisher war dies ein Buch über die Liebe: Gefühle, Beziehungen, Probleme und Trennungen. Aber wie wichtig ist das alles überhaupt? Wenn wir verliebt sind oder Liebeskummer haben, scheint es nichts anderes auf der Welt zu geben, was von Bedeutung wäre. Nichts anderes? Wie war das eigentlich vor dieser großen Liebe? War das Leben wirklich so leer? Wovon träumten wir, und wie sah unser Alltag aus? Welche Menschen waren wichtig?

Liebespaare leben nicht auf einsamen Inseln oder fernen Sternen – auch wenn das anfangs so aussehen mag. Es gibt ein Leben neben der Liebe: Schule, Eltern, Freunde, Hobbys – Alltag eben. Wie vertragen sich Liebe und Alltag? Steht der Alltag der Liebe im Weg? Verändert die Liebe den Alltag? Was zählt mehr, was weniger?

Wer keine Liebesbeziehung hat, wünscht sich vermutlich endlich Glück in der Liebe. Aber wovon träumen diejenigen, die glücklich in ihrer Partnerschaft sind? Sind sie am Ziel ihrer Träume angelangt?

Im letzten Kapitel können wir längst nicht alle diese Fragen beantworten, denn das wäre ein neues Buch. Und dies soll ein Buch über die Liebe bleiben.

Gegenwart

In letzter Zeit verbringt Maxie wieder mehr Zeit mit Leyla. Über den schlimmsten Trennungsschmerz sind beide hinweg. Alex ist mit Sophie zusammen. Philipp wurde in letzter Zeit öfter mit Nadja gesehen. Maxie und Leyla reden noch manchmal über ihre verflossene Liebe, aber eigentlich stehen im Moment andere Dinge im Vordergrund. Maxie muß sich echt anstrengen, um die Fünf in Mathe noch abzuwenden. Und Leyla geht neuerdings mit Julia rudern. Sie ist völlig begeistert von diesem Sport und redet ständig über bevorstehende Wettkämpfe und umgekippte Boote. Wenn das so weitergeht, braucht Leyla bald Hilfe in Mathe.

Maxies Eltern sind ganz glücklich darüber, daß sie in letzter Zeit wieder mehr zu Hause ist. Maxie findet, daß ihre Mutter sich endlich beruhigt hat und alles zwischen ihnen besser läuft. Neulich haben sie beide furchtbar darüber gelacht, wie sie sich früher über das Abräumen des Frühstückstisches zanken konnten. Streit gibt es natürlich trotzdem noch ab und zu.

Natürlich singt Maxie auch noch im Chor. Nächsten Monat haben sie sogar einen richtigen Auftritt. Maxie fordert jeden auf zu kommen. Sogar Philipp hat sie eine Freikarte in die Hand gedrückt, als er ihr neulich über den Weg gelaufen ist – obwohl es ihr schwergefallen ist.

Maxie hat eine Menge über die Liebe gelernt: Welche Jungs sie mag, wie es ist, mit einem Jungen zu schlafen, welche Schwierigkeiten es geben kann. Sie denkt jetzt anders über Treue, und ihr nächster Freund sollte nicht ganz so schweigsam sein wie Philipp. Aber im Moment ist das alles für sie gar nicht so wichtig.

Veränderungen

Möglicherweise hat sie durch Philipp ein paar neue Leute kennengelernt, vielleicht kann sie besser Basketball spielen und weiß, wo es die beste Pizza der Stadt gibt. Das sind Kleinigkeiten. An Maxies Alltag hat sich im Grunde nicht sehr viel verändert. Ihre Freundinnen sind immer noch ihre Freundinnen, sie singt

gern, versteht sich mal schlechter, mal besser mit ihrer Familie und muß einiges für die Schule nachholen. All das war schon so, bevor sie Philipp kennenlernte, und es war auch so, während sie mit ihm zusammen war.

Sicher kann die Liebe das Leben völlig verändern. Meistens tut sie das aber nicht. Wer wechselt schon aus Liebe die Schule, den Wohnort oder die Familie? Wohl kaum jemand. Was allerdings häufiger vorkommt, ist ein Wechsel des Freundeskreises. Das kann gut sein für diejenigen, die mit den alten Freundschaften nicht mehr so zufrieden waren. Wenn eine Beziehung aber zu Ende geht, gehen meist auch diese neuen Freundschaften zu Bruch. Wer verliebt ist, hat oft das Gefühl, alles sei anders als vorher. In Wirklichkeit gefällt uns das gleiche Leben nur viel besser mit diesem Schmetterlingsgefühl im Bauch. Und so verändert sich indirekt doch vieles.

Die Liebe macht selbstbewußter und mutiger. Das wirkt sich natürlich auch auf andere Lebensbereiche aus. Die eine probiert eine neue Sportart aus, die andere setzt sich häufiger gegen ihre Eltern durch oder sagt schneller ihre Meinung. Wer die Welt rosarot sieht, wird vielleicht auch freundlicher zu anderen Menschen, bringt Interesse für früher scheinbar Langweiliges auf. Es wirkt sich auch auf den Alltag aus, jemanden zu haben, bei dem man sich ausweinen oder mit dem man sich streiten kann, wenn irgendwo etwas nicht so gut lief. Freundschaften und andere Bindungen können durch eine Liebesbeziehung belastet werden, es kann aber auch sein, daß sich einiges entspannt, weil jetzt vor allem der Partner für Zuwendung und Streicheleinheiten zuständig ist.

Viel wichtiger als das, was wir anders machen, ist aber oft das, was andere mit uns anders machen, wenn wir einen Partner haben. Ein Mädchen, das einen Freund hat, wird anders behandelt als ein Mädchen ohne Freund. Es kann sein, daß du von einigen Leuten gar nicht mehr als einzelner Mensch behandelt wirst, andere ignorieren vielleicht deinen Freund und tun so, als hätte sich überhaupt nichts in deinem Leben verändert.

Wenn eine Liebesbeziehung länger dauert, ändert sich der Alltag für die Partner meist allmählich. Irgendwann gibt es nicht nur «deine» und «meine» Freunde, sondern auch «unsere» Freunde. Aus unterschiedlichen Interessen finden sich bestenfalls Kompromisse für die Freizeitgestaltung: Mal unternimmt man zusammen das eine, mal das andere und manchmal auch etwas ganz Neues. Aus neuen Gemeinsamkeiten entsteht so ein veränderter Alltag.

Wie wichtig die Liebe ist und wie wichtig andere Lebensbereiche, läßt sich am besten daran erkennen, welche Träume ein Mensch für die Zukunft hat und welche Entscheidungen im Leben für oder gegen die Liebe ausfallen.

... und Zukunft

Maxie und Leyla bekommen eine neue Deutschlehrerin. Das ist schade, denn sie mochten Frau Bergmann. Sie sei schwanger, so verkündete sie

heute im Unterricht, und im März werde sie in eine andere Stadt ziehen, weil ihr Mann dort lebe.

«Das könnte ich mir nicht vorstellen», meinte Maxie, als die beiden sich auf dem Heimweg darüber unterhalten, «Kinder sind ja süß, ich will auch mal welche, aber deswegen in eine andere Stadt ziehen? Warum zieht der Typ nicht zu ihr?» «Vielleicht kann sie als Lehrerin leichter woanders eine Stelle bekommen als er, wer weiß? Aber wieso sollen wir übers Kinderkriegen oder so was nachdenken?» findet Leyla. «Ich bin vielleicht bei den nächsten Olympischen Spielen dabei und rudere um die Goldmedaille, und du wirst eine bekannte Sängerin oder sitzt im Europäischen Gerichtshof oder so. Willst du immer noch Jura studieren?» «Ich denke schon. Aber neulich habe ich mich mit einem Freund von Paul unterhalten. Der ist Informatiker und erfindet Computerspiele. Das klang auch echt lustig.»

«Das wird prima werden, wenn wir nicht mehr jeden Tag in diese Schule müssen und machen können, was uns wirklich interessiert.» «Ja, und vielleicht könnten wir auch zusammenziehen. Wir fragen Julia und dann gründen wir eine WG. Das wird ein Leben wie im Märchen.»

Ein ziemlich modernes Märchen, aber die drei hätten bestimmt eine schöne Zeit miteinander. Alles nur ein Traum? Maxie und Leyla wissen, daß vermutlich keine von ihnen je an einer Olympiade teilnehmen wird. Aber sie träumen gern davon.

Wie aus Träumen Ziele werden

Träume sind wichtig, weil aus ihnen Ziele entstehen. Für Leyla bedeutet das vielleicht, daß sie ihr Training verstärkt, weil sie den nächsten Wettkampf gewinnen will. Maxie muß sich um ihre Mathenote kümmern, denn ohne Mathe kein Abitur, ohne Abitur kein Studium. So verrückt ein Traum auch sein mag, er zeigt uns, wie wir gern wären, was wir gern tun würden. Es kann schön sein, einfach nur zu träumen. Und manchmal ist es gut, so zu tun, als wäre der Traum wirklich zu erreichen, und sich ein nächstes, kleines Ziel zu stecken.

Im Moment haben Maxies und Leylas Träume wenig mit der Liebe zu tun. Sie wollen weiter Freundinnen bleiben. Unabhängig und selbständig wollen sie sein, und Spaß wollen sie. Vielleicht hat jede für sich insgeheim auch Träume von der Liebe. Wenn sie noch weiter in die Zukunft träumen, denken sie vielleicht auch an Partnerschaft und Familie. Aber wenn sie miteinander reden, treten solche Träume in den Hintergrund.

Träume sind vielfältig, und Ziele sind es deshalb auch. Manche Träume beziehen sich auf die Liebe, andere darauf, wo und mit wem wir gern leben würden, wie wir aussehen möchten, was wir gern tun würden, in einem Beruf oder auf irgendeinem Abenteuer. Die eine träumt davon, einmal allein durch Asien zu reisen, die andere möchte mit einer großen Familie auf Helgoland leben.

Maxie und Leyla träumen von einer riesigen Altbauwohnung und langen Nächten.

Da wir viele Träume gleichzeitig haben, kann mal der eine, mal der andere in den Vordergrund treten. Es ist nicht ungewöhnlich, einmal von der abenteuerlichen Reise durch Asien und ein andermal von der Altbauwohnung oder der Großfamilie zu träumen. Allerdings ist es unwahrscheinlich, daß sich alles gleichzeitig in die Tat umsetzen läßt. Nacheinander lassen sich einige Träume aber schon verwirklichen – nicht alle, zumindest nicht ganz und gar.

In verschiedenen Phasen ist die Liebe deshalb von unterschiedlicher Bedeutung für unser Leben. Wer viele Freunde und ab und zu kleine Affären hat, träumt vielleicht von der Liebe – oder von etwas ganz anderem. Wer kurz davor steht, endlich den Traumberuf zu ergreifen, denkt kaum an eine Liebesbeziehung, verliebt sich aber womöglich trotzdem. Wer in einer glücklichen Beziehung lebt, träumt vielleicht von der Großfamilie oder vom Traumjob.

Träume gehören zum Leben – genau wie die Liebe.

→ Bell, Ruth: Wie wir werden – was wir fühlen. Ein Handbuch für Jugendliche über Körper, Sexualität, Beziehungen (rororo sachbuch 8823)

→ Braun, Joachim und Kunz, Daniel: Weil wir Jungen sind. Körper, Sexualität und Lust (rororo sachbuch 60235)

→ Braun, Joachim und Niemann, Bernd: Coole Kerle – viel Gefühl. Alles über Anmache, Liebe und Partnerschaft für Jungen (rororo sachbuch 60463/April 1998)

→ Brett, Catherine: Total verknallt in Anne
Ein Mädchen verliebt sich in die «Neue» in ihrer Klasse …
(dtv Pocket 78092, München 1997)

→ Eykman, Karel: Liebeskummer (Beltz & Gelberg, Weinheim 1993)

→ Fülscher, Susanne: So long, deine Yeliz
Ein Buch über Freundschaft, Liebe und Sex und die Situation einer jungen Türkin in Deutschland (Ensslin, Eningen 1995)

→ Kerner, Charlotte: Kinderkriegen. Ein Nachdenkbuch (Beltz & Gelberg, Weinheim 1996)

→ Korschunow, Irina: Ein Anruf von Sebastian
Die Geschichte einer Trennung
(dtv Pocket 7847, München o. J.)

→ Krauch, Franziska und Kunstmann, Antje: Mädchen. Das Aufklärungsbuch. Liebe & Lust, Angst & Frust, Sexualität & Erotik (Antje Kunstmann Verlag, München 1996)

→ Lange, Christine und Müller, Irene: Weil wir Mädchen sind. Körper, Sexualität und Lust (rororo sachbuch 60236)

→ Meissner-Johannknecht, Doris: Amor kam in Leinenschuhen
Über die Liebe zwischen zwei Mädchen
(Ravensburger Taschenbuch 4146, Ravensburg 1996)

→ Neutzling, Rainer: Herzkasper. Eine Geschichte über Liebe und Sexualität (rororo sachbuch 13879)

Adressen

Um Adressen von Beratungsstellen in der Nähe deines Wohnortes herauszufinden, kannst du entweder unter den folgenden Stichwörtern im Telefonbuch nachsehen oder bei einer der überregionalen Adressen nachfragen.

→ Aids-Beratung

→ Aids-Hilfe

→ Frauenberatung

→ Frauen helfen Frauen

→ Frauennotruf

→ Frauenzentrum

→ Jugendberatung

→ Jugend ...

→ Kinder- und Jugendtelefon

→ Lesben ...

→ Mädchen ...

→ Notruf ...

→ PRO FAMILIA

→ Wildwasser e. V.

→ Bundesverband Homosexualität e. V. (BVH)
Geschäftsstelle
Boxhagener Str. 76
10245 Berlin
030-5818-306

→ Deutsche Aids-Hilfe e. V.
Dieffenbachstr. 33
10967 Berlin
030-690087-0

→ Deutscher Kinderschutzbund
Bundesverband e. V.
Schiffgraben 29
30159 Hannover
0511-30485-0

→ Jugendnetzwerk Lambda
(lesbisch-schwuler Jugendverband)
Rittergut
99955 Lützensömmern
036041-44983

→ PRO FAMILIA
Bundesverband
Stresemannallee 3
60596 Frankfurt
069-639002

→ Wildwasser
Nürnberg, Berufsgruppe gegen den sexuellen Mißbrauch
von Mädchen e. V. Beratung und Information
Roritzerstr. 22
90419 Nürnberg
(Q) 0911-331330

Schweiz

→ Aids-Hilfe Schweiz
Konradstr. 20
Postfach 141
8031 Zürich
01-2734242

→ Schweizerischer Kinderschutzbund
Brunnmattstr. 38
3000 Bern 14
031-3820233

→ Schlupfhuus
Sorgentelefon für Kinder und Jugendliche
01-2612121

→ Castagna
Beratungs- und Informationsstelle für sexuell ausgebeutete Kinder und weibliche Jugendliche
Stauffacherstr. 127
8004 Zürich
01-3644949

→ Sozialmedizinischer Dienst der Universitätsfrauenklinik
– Schwangerschaft und Schwangerschaftsabbruch –
Schanzenstr. 46
4031 Basel
061-3259070

Österreich

→ Frauen gegen Vergewaltigung (Notruf)
Brixnerstr. 3/9
6020 Innsbruck
0512-574416

→ Kinderschutzzentrum
Rudolf-Biebl-Str. 50
5020 Salzburg
0662-44911

→ Die Kummernummer
0222-5457046

→ Österreichische Aids-Hilfe
Wickenburggasse 14
1080 Wien
0222-4086186

→ Rosa Lila Tip
Beratungs-, Kultur- und Informationszentrum
homosexuelle Frauen und Männer
Linke Wienzeile 102
1060 Wien
0222-568150

Wir freuen uns über jede Anregung, Kritik und natürlich auch über Lob.

Wenn Ihr Lust habt, uns zu schreiben, hier unsere Adresse.

→ Christine Lange / Irene Müller
PRO FAMILIA
Jugendberatung
Ansbacher Str. 11
10787 Berlin

Die Autorinnen

Christine Lange, geboren 1964, Diplomsozialarbeiterin/-sozialpädagogin, ist als Sexualpädagogin in der Jugendberatung der Pro Familia Berlin tätig. Arbeitsschwerpunkte sind sexualpädagogische Mädchenarbeit, psychosoziale Beratung von Mädchen, Fortbildung für Multiplikatoren.

Irene Müller, geboren 1964, Diplompsychologin und Familientherapeutin, ist als Sexualpädagogin in der Jugendberatung der Pro Familia Berlin tätig. Arbeitsschwerpunkte sind sexualpädagogische Mädchenarbeit, psychosoziale Beratung von Mädchen, Elternberatung, Fortbildung für Multiplikatoren.

Rosa Reibke, geb. 8. 3. 1964 in Bad Salzuflen, Abitur 1983, baldige Flucht von dort nach Berlin, seit 1988 als freiberufliche Fotodesignerin tätig, zahlreiche Ausstellungen in Galeriecafés, als Fotojournalistin mit Schwerpunkt Theater und Musik bei Berliner Programmzeitungen, 1990 erstmalig Arbeit als Standfotografin bei Tatort-Produktionen. 1993 Geburt der Tochter Johanna. Verlagerung der Arbeit in den Bereich Portrait (Schauspieler) und Fotoseminare in der Jugendarbeit, speziell Mädchen-/Frauenprojekte. Zwischendurch immer wieder Standfotos. 1997 Geburt des Sohnes Leander.